# Das Haus der 20 Kinder

Nika Lubitsch

NIKA LUBITSCH

# Das HAUS der 20 KINDER

PSYCHOTHRILLER

Nika Lubitsch, Lindenthaler Allee 36, 14163 Berlin
Telefon-Nr. 030/770 59 774
Mail: info@nikalubitsch.de

Webseite: www.nikalubitsch.de
Facebook: www.facebook.com/NikaLubitsch

Lektorat: Regine Weisbrod, www.lektorat-weisbrod.de
Korrektorat & Satz: Corinna Rindlisbacher, www.ebokks.de
Coverdesign: Catrin Sommer, www.rausch-gold.com
Coverfoto: shutterstock.de, Wirestock Creators, freepik.com, macrovector

## 21. Januar 1977

Er kicherte in sich hinein, als die Terrassentür aufsprang. Wie konnten Menschen, die eine so protzige Villa im Grunewald bewohnten, so dumm sein, sie nicht einmal richtig zu sichern. Es war ein Kinderspiel gewesen, die Tür aufzubrechen. Ein Kinderspiel.

Er lauschte in das dunkle Haus. Das einzige Geräusch, das er hörte, war das Knirschen des Schnees unter seinen Gummisohlen. Der Mond stand hoch am Himmel und leuchtete die Szenerie aus wie ein riesiger Lampion. Es war so kalt, dass ihm das Wasser aus der Nase floss. Mit einer unwirschen Geste wischte er sich mit dem Taschentuch übers Gesicht und betrat das Wohnzimmer.

Zumindest vermutete er, dass es sich bei dem Raum um das Wohnzimmer handelte, denn die Terrasse grenzte seiner Erfahrung nach immer an ein Wohnzimmer. Vor allem, wenn es sich um eine Seeterrasse handelte. Leise schloss er die Terrassentür hinter sich und die eisige Kälte damit aus. Tatsächlich genoss man von drinnen einen großartigen Blick auf den Dianasee, der schneeweiß zwischen den kahlen Baumriesen im Mondlicht schimmerte.

Da! Knarzte da nicht eine Diele? Vorsichtshalber huschte

er hinter die schweren Samtvorhänge und horchte. Nein, es blieb alles still, so still, wie er es von einem leeren Haus erwarten konnte. Er wusste ja, dass die Familie in Sankt Moritz weilte. Sie urlaubten jedes Jahr um diese Zeit in Sankt Moritz. Und das Personal wohnte nicht im Haus. Das wusste er von Freddy, dem Gärtner.

Er war allein in dieser schneeweißen Villa, die ein namhafter Architekt um die Jahrhundertwende im englischen Landhausstil an das Ufer des frisch ausgebaggerten Sees im Berliner Grunewald hatte errichten lassen.

Die Polizei würde sich im Gegensatz zum Personal über die Matschspuren auf dem Parkett freuen. Als er den Schneematsch an seinen Schuhen auf dem weichen Perserteppich abstreifte, musste er deshalb lächeln.

Der hohe Raum war links und rechts vom Kamin mit Bücherregalen ausgestattet, die bis zur Kassettendecke reichten. So, wie er die Familie einschätzte, hatte niemand von ihnen je einen Blick in eines der in teures Leder gebundenen Bände geworfen. Er hätte gewettet, dass die Bücher von einem Innenarchitekten zum Zentnerpreis gekauft worden waren.

Er ließ den Lichtkegel seiner Taschenlampe durch den Raum streifen, da er es nicht wagte, das Licht anzuschalten, man hätte es vom gegenüberliegenden Seeufer sehen können.

Da war die Hausbar! Natürlich gab es hier eine Hausbar, in solchen Villen gab es immer eine Hausbar. Er schritt quer durch den Raum auf einen Empire-Sekretär zu, der zur Bar umfunktioniert worden war, und genoss das moosbettgleiche Gefühl unter seinen Sohlen. Vor seinem inneren Auge sah er kleine Persermädchen mit flinken Händen Knoten an Knoten knüpfen, ihre Hände waren schon ganz blutig.

Er leuchtete über die beachtliche Sammlung von Flaschen, die hier zur Schau gestellt waren. Der Hausherr hatte eine Vorliebe für Whisky. Er schnappte sich einen Macallan von 1940, wie das Etikett verriet, auf dem nicht ein einziges Staubkörnchen lag. *Na dann*, dachte er, legte die Taschenlampe beiseite und griff sich einen schweren Kristalltumbler, der in einem der Fächer stand, und goss sich drei Fingerbreit von der bernsteinfarbenen Flüssigkeit ein.

Sein Blick streifte suchend über den Sekretär: Die hatten doch bestimmt einen Siphon. Sie hatten, und er war sogar mit Wasser gefüllt. Er gab einen Spritzer Wasser in das Gesöff, denn eigentlich mochte er gar keinen Whisky.

Mit dem Glas ging er zu einem der rehbraunen Designersessel, in den er sich hineinfallen ließ. Er fühlte sich entspannt. Und stark. Es ging ihm blendend.

Auf dem niedrigen Couchtisch lag ein silberner Zigarettenkasten. Er beugte sich hinüber und schaute hinein. Peter Stuyvesant. Er nahm sich eine Zigarette und zündete sie mit dem silbernen Standfeuerzeug an, das daneben stand. Wie gut, dass seine Handschuhe so dünn waren, dass er damit halbwegs gut greifen konnte. Trotzdem war es komisch, mit Handschuhen zu rauchen. Er zog sich den geschliffenen Kristallaschenbecher herüber.

Als er sich in die wohlige Weichheit des Ledersessels zurücklehnte, empfand er eine lang vermisste Gemütlichkeit. So hätte er noch stundenlang sitzen können, rauchend, trinkend, philosophierend, in eine andere Welt schauend.

Wie vorhersehbar die Menschen doch waren! Er hätte diesen Raum malen können, bevor er ihn betreten hatte. Der große Fernseher in der Ecke, die Musiktruhe, die unvermeidliche Grünpflanze, die wahrhaft gigantische Ausmaße hatte und die halbe Wand bewaldete. Die Designerlampen auf niedrigen Beistelltischen rechts und links der freistehenden Designercouch. Der perfekte Mix aus Moderne und Antiquitäten, so wohnte man, wenn man das nötige Kleingeld hatte, um einen Innenarchitekten zu beschäftigen. Es sah nicht viel anders aus als bei ihm zu Hause, nur dass seine Eltern die Bücher lasen, die sie kauften.

Langsam wurde er schläfrig. *Nicht einschlafen, die Nacht ist noch jung*, sagte er sich. Entschlossen setzte er sich mit einem Ruck auf und stellte das Glas auf dem Couchtisch ab.

Er musste etwas mitnehmen, eine Art Andenken. Damit sie wussten, dass er hier gewesen war. Aber was? Wundern sollten sie sich, was hatte der Täter gesucht? Er war sich sicher, dass sie nie darauf kommen würden, warum ausgerechnet in ihr Haus eingebrochen worden war. Eigentlich wusste er es selbst nicht. Außer, dass ihr Sohn Roger ihn in der Grundschule immer gehänselt hatte. Aber Roger studierte inzwischen in München, und seine arrogante kleine Schwester, die ihm immer die kalte Schulter gezeigt hatte, war nach einem Reitunfall halbseitig gelähmt. Es gab kein sichtbares Motiv, keine Spur würde zu ihm führen. Nicht eine einzige, winzige Spur. Er stand auf und ging durch die breite Flügeltür in die große Halle.

Hier empfingen sie ihre Gäste. In der Mitte stand ein Mahagonitisch mit einem riesigen Blumenbouquet in einem silbernen Topf. Stoffblumen, natürlich. Daneben befand sich eine silberne Schale, neben der ein scharf aussehender Dolch lag, der wahrscheinlich als Brieföffner diente.

Dann bog er links ab, weg von der breiten Eingangstür, in ein Zimmer, das man früher wahrscheinlich das Herrenzimmer genannt hatte. Dorthin verzogen sich die Männer nach dem Dinner zum Qualmen ihrer stinkenden Zigarren, während die Damen mit einem Likörchen im Nebenzimmer kicherten.

In dem weitaus kleineren Raum standen fünf Clubsessel um einen kleinen Tisch herum. Der Tisch hatte eine Schublade. Er zog sie auf. Darin lagen eine Stange Peter Stuyvesant und eine Kiste mit handgerollten kubanischen Zigarren. Er nahm eine Zigarre heraus, schnupperte daran und steckte sie in seine Manteltasche. Dabei versuchte er dem Gefühl nachzuspüren, wie es war, etwas zu stehlen. In ein fremdes Haus einzubrechen und etwas zu stehlen.

Das Dupont-Feuerzeug ließ er auf dem Tisch liegen. Auf seinem Weg nach draußen steckte er in der Halle den silbernen Dolch ein, ein selten schönes Stück, etwas von bleibendem Wert, eine Erinnerung an diese eiskalte Nacht im Winter 1977.

## Die Kündigung

„Mach doch deinen Scheiß alleine!" Wütend warf ich das Handtuch des Patienten in die Ecke.

„Hallo?" Ganz langsam hatte sich Torsten zu mir umgedreht. Er fragte nicht *Wie bitte?*, sondern zog in altbekannter Torsten-Manier nur eine Augenbraue hoch. Wie ich diesen arroganten Gesichtsausdruck hasste! Dabei hatte ich schon Stunden vor dem Spiegel damit verbracht, ebenfalls so ein vielsagendes Augenbrauenhochziehen hinzukriegen, bis ich einsehen musste, dass meine Gesichtsmuskulatur einfach nicht für arrogant ausgelegt war. Ich konnte nicht mal meinem Freund Alexander vormachen, wie mein neuer Chef und ehemaliger Kollege Torsten Butgereit mich mit seiner Gesichtsakrobatik in Angst und Schrecken versetzte. Dabei war Torsten eigentlich ganz in Ordnung gewesen, solange er selbst noch als Angestellter in der Praxis *Refit* gearbeitet hatte.

Als unser alter Chef, den ich von Herzen geliebt hatte, in den Ruhestand ging, hatte Torsten dem Alten die Praxis für Physiotherapie abgekauft. Mitsamt Patientenakten, Inventar und Mitarbeitern. Am Anfang hatten wir uns alle darüber gefreut, schließlich rettete einer von uns unsere Jobs.

Bis dahin waren wir ein tolles Team gewesen, wir arbeiteten miteinander und nicht gegeneinander, wir deckten uns gegenseitig, wenn mal einer was zu erledigen hatte oder wenn ein Patient sich über einen von uns beschwerte, was immer mal wieder vorkam, schließlich waren unsere Patienten Menschen mit zumindest einem Gebrechen, und Schmerzen machten einen weder duldsamer noch freundlicher.

„Warum willst du nicht selbst die Praxis übernehmen?“, hatte Alexander mich gefragt.

„Ich bin viel zu jung dazu, das ist mir viel zu viel Verantwortung, außerdem habe ich die Kohle nicht.“

„Du könntest einen Kredit aufnehmen, habe ich doch auch gemacht.“ Alexander hatte sich vor drei Jahren als Malermeister selbstständig gemacht, wofür ich ihn grenzenlos bewunderte. „Außerdem kann man gar nicht früh genug anfangen, sein eigenes Ding zu machen.“

Alex hatte gut reden. Was brauchte man schon als Malermeister? Da war das Equipment für Physiotherapie schon eine andere Hausnummer. Vor allem brauchte man verlässlich genug Geld für die Raummiete.

„Du hast mich ganz richtig verstanden“, sagte ich jetzt mit vor Wut zitternder Stimme zu Torsten, „ich kündige. Fristlos!“ Ich wollte mich auf dem Absatz umdrehen und verschwinden.

„Hey, hiergeblieben! Wenn du mal in deinen Arbeitsvertrag geschaut hättest, wüsstest du, dass du eine Kündigungsfrist von sechs Wochen zum Quartal hast. Und die solltest du gefälligst einhalten, falls du ein Zeugnis haben möchtest, mit dem du in Zukunft auch noch eine Stelle finden könntest", sagte Torsten. Leise. Kalt. Drohend.

Am liebsten hätte ich ihm ein blaues Auge oder eine Quetschung weiter unten verpasst.

„Und im Übrigen hätte ich deine Kündigung gern schriftlich, damit wir was haben, worüber wir uns vor Gericht streiten können."

So ein Arsch! Statt auf ihn loszugehen, atmete ich einmal tief durch und ging wortlos in die kleine Küche.

Mein Kollege Florian saß an dem wurmstichigen Holztisch, ein Relikt aus den Anfangszeiten unseres alten Chefs.

„Was ist los? Du bist weiß wie ein Leichentuch", sagte Florian.

„Ich habe gerade gekündigt", sagte ich mit bebender Stimme.

„Nee, in echt jetzt?"

„In echt. Mir reicht's." Ich goss mir einen kalten Tee ein und sah, wie meine Hand dabei zitterte.

„Was hat er denn jetzt schon wieder gemacht?"

„Er hat mich angepfiffen, wenn mir eine Patientin ausfällt, soll ich nicht so faul sein, sondern gefälligst die Gläser im Wartezimmer kontrollieren, und dass mir – wörtlich – kein Zacken aus der Krone fällt, wenn ich mal mit einem Feudel durch die Praxis gehen würde. Eine Patientin habe sich beschwert, weil Staub auf dem Zeitungstisch liegt. Ich bin doch hier nicht die Putze!"

„Jetzt dreht der echt am Rad!", sagte Florian. „Mir hat er aufgetragen, regelmäßig zu kontrollieren, ob genügend Bezüge für die Liegen gewaschen sind und ob es sich lohnt, eine neue Waschmaschine vollzumachen. Wobei man das sowieso macht, aber doch nicht in diesem Ton."

„Ganz genau. Und so geizig, wie der ist, schwöre ich dir, hat der nicht nur unsere Sekretärin für die Anmeldung eingespart, sondern wird bald auch die Putzfrau feuern, nach dem Motto, ach, es gibt doch genug Mitarbeiter, das können die gut und gern alleine machen." Ich setzte mich mit meinem Tee zu Florian an den Tisch.

„Wenn ich hier an alles denken soll, dann kann ich auch selbst eine Praxis aufmachen", sagte er. „Früher hat das immer der Chef persönlich übernommen. Also nicht das Feudeln, aber das Kontrollieren, ob alles in Ordnung ist. Und der war sich auch nicht zu fein, die Wäsche mal von der Waschmaschine in den Trockner zu geben, wenn an der Anmeldung zu viel zu tun war."

„Der Alte fehlt mir", seufzte ich.

„Uns allen. Wollen wir heute Abend noch einen zusammen trinken gehen?"

„Ich weiß nicht, ich …"

In diesem Moment kamen Sandra und Daniel in die Küche.

„Lene hat gekündigt", sagte Florian.

„Du hast Mut, ich war gestern auch kurz davor", sagte Sandra. „Der spielt sich auf, als wäre er der liebe Gott."

„Wir sollten uns zusammentun und eine eigene Praxis aufmachen", sagte Daniel. „Mir stinkt es hier auch gewaltig."

## Fünf Monate später

Das war jetzt fast fünf Monate her. Fünf Monate, in denen ich mehr über das Leben und die Menschen gelernt hatte als in den ganzen fünfundzwanzig Jahren vorher. Ich konnte es kaum glauben, dass wir heute Eröffnung feierten. Denn zwischenzeitlich hatte alles so ausgesehen, als ob aus dem Projekt *eigene Physiotherapie-Praxis* nie etwas werden würde.

„Herzlichen Glückwunsch, Zauberfee", sagte Alexander, als er mit mir Hand in Hand vor der alten Villa am Dianasee stand. Ohne meinen Freund Alex hätte ich das alles niemals durchgestanden. Mir wäre der Mut wahrscheinlich bereits vor der Kündigung abhandengekommen. Denn meine lieben Kollegen hatten zwar alle eine große Klappe, aber ihre Zusagen waren nicht mehr wert gewesen als das Bier, mit dem wir am Abend meiner Kündigung auf unsere tolle gemeinsame Zukunft angestoßen hatten.

Ich war euphorisch nach Hause gekommen und hatte Alexander stolz berichtet, dass meine Kollegen und ich gemeinsam eine neue Praxis aufmachen würden.

Mein realistischer Freund hatte an jenem Abend nichts gesagt. „Ich wollte deine Euphorie nicht stoppen", gestand er mir später. Doch Alexander hatte mir natürlich eine Erfahrung voraus, denn auch er hatte versucht, sich mit Kollegen selbstständig zu machen. Zum Schluss war genau einer übrig geblieben: Alexander selbst. „Und das war auch gut so."

Die Erste, die ausfiel, war Sandra. „Du, ich habe die ganze Nacht nicht geschlafen", gestand sie mir am nächsten Morgen. „Ich habe einfach Angst, pleitezugehen, das kann ich mir nicht leisten, ich habe meinen Autokredit immer noch nicht abbezahlt, und die Unterhaltszahlungen für den Pimpf kommen von meinem Ex auch nicht regelmäßig."

Na klar, kein Problem, kann man verstehen. Mit Florian und Daniel hatte ich ja noch zwei Kollegen an meiner Seite.

„Wenn wir unsere Stamm-Patienten mit rüberziehen wollen, müssen wir in der Gegend bleiben", sagte Florian.

„Außerdem machen die vielen Privatpatienten hier im Grunewald den Kohl erst richtig fett", bekräftigte Daniel.

„Aber die Räume hier sind teuer und rar", wandte ich ein, „wollen wir nicht lieber in ein preiswerteres Viertel gehen?" Unsere alte Praxis lag im exklusiven Berliner Bezirk Grunewald in einer schönen alten Jugendstilvilla.

„Wir müssen es ja nicht gleich so groß angehen, eine Etage reicht doch völlig", sagte Florian.

„Hey, nicht kleckern, lasst uns klotzen. Think big!", meinte Daniel.

„Wisst ihr, was das kostet?", fragte ich meine Mitstreiter.

„Wer suchtet, der findet", sagte Daniel.

Das Projekt Grunewald-Villa wurde also beschlossen und verkündet. Das mit dem Suchen allerdings überließen meine Kollegen mir. „Lene, du wirst das schon machen."

„Das fängt ja gut an", warnte mich Alexander. „Habt ihr eigentlich schon mal über die Finanzen gesprochen?"

Hatten wir natürlich noch nicht. Denn die hingen im Wesentlichen von den Räumen ab, die wir finden mussten.

„Du brauchst ein vernünftiges Konzept und eine wasserdichte Kalkulation, bevor du zur Bank gehst", sagte Alexander. Das war mir klar.

Und so begab ich mich auf die Suche nach Räumen in der Umgebung vom Bahnhof Grunewald.

„Die Praxis muss verkehrsgünstig liegen und genügend Parkplätze bieten." Das war Florians Beitrag zur Suche nach Praxisräumen, während ich mich nächtelang durch die Immobilienportale klickte.

„Einen Makler können wir uns nicht leisten, das Geld sparen wir, wenn wir selbst suchen", wusste Daniel. Aber die wenigen Objekte, die es überhaupt im Angebot gab, liefen über Makler. Und mit Kaution und Maklerprovision wäre schon mal ein Riesenhaufen Kapital, das wir noch gar nicht hatten, aufgebraucht.

Da wir genau wussten, in welcher Gegend wir etwas suchten, machte ich mich daran, abends durch die in Frage kommenden Straßenzüge zu streifen, in der Hoffnung, irgendwo einen Möbelwagen oder leere Fenster zu sehen. Das Einzige, was leer stand, war eine riesige, alte Villa am Dianasee. Das Ding sah aus wie eine Trutzburg, mit Erkern, Türmen und Giebeln, bei einsetzender Dunkelheit und mit genügend Fantasie konnte man sich sogar ein wenig gruseln, angesichts der nicht erleuchteten Fenster, die wie schwarze Löcher in der grauen Sandsteinfassade lauerten. Ich konnte mir nicht erklären, warum diese prächtige Villa nicht bewohnt war.

Eines Abends traf ich eine ältere Frau auf dem Bürgersteig, die das schmiedeeiserne Tor aufschließen wollte.

„Entschuldigung", sagte ich, „können Sie mir sagen, wieso dieses Haus leer steht?"

Die Frau musterte mich von oben bis unten. „Wir werden umbauen, irgendwann."

„Wir sind auf der Suche nach Praxisräumen für Physiotherapie", sprudelte ich heraus.

„Sie wollen mieten?", fragte die Frau.

„Geht denn das?"

Die Frau lächelte. „Kommen Sie, ich zeige es Ihnen." Sie führte mich über einen verwahrlosten und mit Unkraut überwucherten Weg zum Eingang. Als sie die Tür aufschloss, wehte mir der Muff von hundert Jahren entgegen.

„Das Haus wurde um die Jahrhundertwende gebaut. Die vorletzte natürlich", sagte sie.

„Seit wann steht es leer?"

„Zehn Jahre?" Es klang wie eine Frage.

„Warum?"

„Keine Baugenehmigung." Die Frau machte eine einladende Handbewegung.

Wir betraten das Haus durch eine ächzende, dunkelbraune Tür. Ich lief durch die untere Etage und dachte nur: Anmeldung, Wartebereich, Behandlungszimmer eins, zwei, drei, vier, fünf. Raum für Fitness- und Kardiotraining, Personalraum, Küche, Waschraum, Vorratskammer – die Etage war für unsere Bedürfnisse genial geschnitten.

„Könnte man denn auch nur eine Etage mieten?"

„Sie können das ganze Haus mieten."

„Das ist sicher viel zu teuer für uns", sagte ich. „Und zu groß."

„Nicht teuer, Sie müssten aber renovieren. Wasser wieder anschließen. Und Heizung."

Bei dem Gedanken, ein so riesiges Haus zu heizen, wurde mir schwindelig. Was das kostete!

„Wir brauchen aber nur eine Etage, nicht ein ganzes Haus."

„Machen Sie es nach und nach", sagte die Frau. „Ich vermiete nur das ganze Haus."

„Wir suchen aber etwas auf Dauer, wir wollen nicht nur für ein paar Monate eine Praxis."

„Kein Problem. Wir können gern einen Fünfjahresvertrag abschließen."

Ich war mir nicht sicher, ob ich nicht träumte.

„Wie viel wollen Sie haben für das Haus?", fragte ich.

Sie nannte einen Preis, der natürlich weit über dem lag, was wir uns vorgestellt hatten. Für die riesige Villa allerdings ein Schnäppchen.

„Ich würde mir gern das Haus zusammen mit meinen Kollegen anschauen."

Wir verabredeten einen Besichtigungstermin.

Als ich Alex von meinem Fund erzählte, sagte er: „Ich komme gern mit, ich könnte dir einen ungefähren Überblick geben, was an Renovierungskosten auf euch zukommt."

Und so besichtigten wir die Villa zu viert. Die Jungs waren begeistert.

„Geil, hier könnten wir ganz schnell expandieren. Wenn wir Personal einstellen, könnten wir unser Angebot ausweiten. Meditation, Yogakurs, so was in der Richtung", steuerte Daniel bei.

Alex ging durch die Räume, machte Fotos und rechnete. „Stellt euch das nicht so einfach vor, hier muss von Grund auf saniert werden."

„Ein bisschen Farbe drauf und gut ist", sagte Daniel.

Alex lieferte mir einen Kostenvoranschlag, der mich aus den Socken haute. „Spinnst du? Das können wir uns nie und nimmer leisten."

„Das wäre jetzt meine Minimalvariante", sagte er.

Ich traute mich kaum, den Kostenvoranschlag meinen Kollegen zu zeigen.

„Quatsch, das können wir doch selbst machen", sagte Florian.

„Ein bisschen weiße Farbe, zwei Wochenenden und Ende", stimmte ihm Daniel zu. „Das ist nicht gerade ein Freundschaftspreis, dein Süßer will sich doch nicht etwa an uns bereichern."

Genau das hatte ich befürchtet. Und so kamen wir zum ersten Mal detailliert auf unsere Finanzen zu sprechen. Wie sich herausstellte, waren auch meine Kollegen vollkommen mittellos. Daniel wollte seine Eigenleistung bei der Renovierung als Anteil in die Firma einbringen, und Florian hatte maximal fünftausend „übrig".

Ich setzte mich zusammen mit Alex hin, erstellte ein

Konzept und errechnete unseren Kapitalbedarf, den ich durch drei teilte.

„Du spinnst doch", „Jetzt drehste aber am Rad" bekam ich zu hören. Die Herren Kollegen waren der Meinung, dass das, was ich da ausgerechnet hatte, nie und nimmer gebraucht wurde. Keiner der beiden war bereit, bei ihrer Bank mit diesem Konzept nach einem Kredit zu fragen.

Todesmutig stürzte ich mich daraufhin auf meine Hausbank, die Wochen brauchte, das Konzept zu prüfen.

„Tja, liebe Frau Völske", sagte meine Kreditberaterin schließlich, „das hört sich alles sehr gut an, was haben Sie denn für Sicherheiten zu bieten?"

„Sicherheiten?" Ich hatte keine Sicherheiten. Ich hatte meine Arbeitskraft, Patienten und einen guten Ruf, glaubte ich jedenfalls.

„Ihre Oma hat Ihnen nichts vermacht? Nicht irgendwo ein Grundstück – oder vielleicht eine Bürgschaft von Ihren Eltern?"

Niedergeschlagen kam ich nach Hause. Meine Großeltern waren arm wie Kirchenmäuse, und meine Eltern dachten gar nicht daran, diesen „Unsinn" zu unterstützen. Beide waren Beamte, und die Vorstellung, dass ihre Tochter sich selbstständig machen könnte, versetzte sie in helle Panik.

„Das war doch klar", sagte Alex. „Ich wette, wenn du einen Kredit für ein Auto benötigt hättest, hätten sie dir den umstandslos gegeben."

Am Abend waren wir bei Sven, einem guten Freund von Alex, eingeladen. „Was ist mit dir los, du siehst ja so deprimiert aus, Lene?", fragte er.

Alex erzählte ihm, dass mein Traum von der Selbstständigkeit gerade in tausend Meter Höhe geplatzt war.

„Das muss ja nicht so sein. Kannst du mir dein Konzept mal schicken?"

Ich hatte zwar fast alle Hoffnung aufgegeben, nachdem sich Florian und Daniel als substanzlose Traumtänzer entpuppt hatten, dennoch mailte ich Sven am nächsten Tag meine Berechnungen.

Drei Tage später rief mich Sven an. „Ich habe einen Investor für dich."

„Was?"

„Mein Schwager ist Orthopäde. Er wäre bereit, dir die Praxis als stiller Gesellschafter zu finanzieren."

„Als stiller Gesellschafter?" Ich hatte keine Ahnung, was das war. „Ohne Florian und Daniel?"

„Was willst du denn mit den Spinnern? Mit einem stillen Gesellschafter kannst du schalten und walten, wie du willst, er erhält nur aus den Gewinnen der Firma einen Anteil."

Nächtelang habe ich daraufhin mit Alex hin und her diskutiert.

„Ich brauche meine Kollegen, sonst fange ich bei null an, die beiden sind schon viel länger in der Praxis, die kennen Arsch und Frieda im Grunewald."

„Du kannst sie doch einstellen, vielleicht sogar mit Gewinnbeteiligung. Null Risiko für die beiden."

„Aber ich trage das ganze Risiko", sagte ich.

„Ja, und? Wer nicht wagt, der nicht gewinnt", sagte Alex.

Und so bekam ich meine eigene Praxis: *Physiotherapie Lene Völske.*

Alex renovierte nach Feierabend mit ein paar „Kumpels“ das Haus, ich kaufte Liegen und Möbel und richtete meine Praxis ein. Florian und Daniel waren erleichtert, ich bot ihnen ein besseres Gehalt und eine kleine Erfolgsbeteiligung, schließlich hoffte ich, dass sie ihre Patienten mitbrachten. Auch Sandra hatte gekündigt, so dass wir wie geplant zu viert starten konnten.

## Eine eiskalte Februarnacht 1977

Als er wieder draußen auf der Terrasse stand, verschlug ihm der eisige Wind fast den Atem. Es hatte ein wenig zu schneien begonnen, so wie immer wieder in den letzten Tagen. Die Kälte tat ihm wohl. Leise schloss er die Terrassentür und stapfte durch den frischen Schnee den Garten hinab Richtung Dianasee.

Er kicherte, als ihm einfiel, dass der Dianasee vormals ein verlandetes Moor gewesen war, das die Einheimischen „Diebsloch" genannt hatten. Passte doch. Ende des neunzehnten Jahrhunderts hatte ein Bankenkonsortium dem preußischen Staat einen Teil des Forstes Grunewald abgekauft. Man ließ polnische Arbeiter vier Seen ausheben, die mit Grundwasser gefüllt wurden: Dianasee, Königssee, Herthasee und Hubertussee reihten sich jetzt nahtlos in die Grunewaldseenkette ein. An ihren Ufern wurde die Villenkolonie Grunewald errichtet.

Er schaute nach links. Die Villa auf dem Nachbargrundstück war noch größer als das Landhaus, das er soeben verlassen hatte. Sie erhob sich wie eine Burg über den kleinen See, unangemessen groß und protzig im Stil der deutschen Renaissance gebaut. Er hasste alles Unechte, er mochte diese Seen nicht, und er verabscheute historisierende Architektur, die seiner Meinung nach nur die mangelnde Fantasiebegabung der Architekten und die Geschmacklosigkeit der Bauherren widerspiegelte.

Natürlich wusste er, was dieses architektonische Monstrum beheimatete. Jeder wusste es, der sich halbwegs auskannte hier im Grunewald.

Sollte er oder sollte er nicht? Das Risiko, hier entdeckt zu werden, war ungleich größer als in dem zurzeit unbewohnten Landhaus. Aber war es nicht gerade der Kitzel, den er suchte? Er rutschte mehr, als dass er ging, den Hang zum See hinunter. Das Eis würde ihn tragen, da war er sich sicher nach den tiefen Minusgraden der letzten Tage. Über den See kam er gefahrlos in den Garten der Burg, wie er das Haus bei sich nannte. Wenn nur einer wach war … nur einer, nur einer … Er sagte es sich auf wie ein Mantra, während er die Eisfläche betrat. Sie knackte zwar bedenklich unter seinem Gewicht, aber sie war stabil genug für den kurzen Weg zum Nachbargrundstück. Er hielt sich an den nackten Zweigen einer Trauerweide fest, die zum Teil in dem Wasser unten eingefroren waren und ihm einen relativ stabilen Halt gewährten.

Der Anblick des Hauses von der Seeseite war atemberaubend. Der Bauherr hatte keine Kosten und Mühen gescheut. Eine gigantische Freitreppe führte in zwei Etagen hinunter zum See. Alle Fenster waren dunkel. So weit, so gut.

In welches Fenster sollte er einsteigen? Er hatte keine Ahnung, wie die Raumaufteilung in der Burg war. Nachdem die Amis, die die Villa nach dem Krieg besetzt hatten, das Ding verlassen hatten, war hier ein Fürsorgeheim untergekommen. Wie viele Kinder oder Jugendliche lebten hier? Wie viele Erzieher hatten Nachtdienst und schliefen in dem Haus? Er würde es herausfinden.

Langsam stieg er mitten durch den Schnee hoch zur Freitreppe, die ebenfalls schneebedeckt war. Er würde aufpassen müssen, hier nicht abzurutschen, denn die einzelnen Stufen waren nicht mehr zu erkennen. Das war keine gute Idee, entschied er und schaute sich um. Die niedrigen Fenster an der Seite waren allesamt vergittert. Er würde also durch ein höher gelegenes Fenster einsteigen müssen. Im Mondlicht sah er Fußspuren von einem Baum wegführen. Ein großer Strauch, wahrscheinlich ein Fliederbaum, der viel zu nah an der Hauswand gepflanzt worden war, stand direkt unter einem schmalen Fenster, hinter dem er eine Toilette oder eine Kammer vermutete. Und das Fenster war angelehnt. Da hatte wohl ein Heiminsasse nächtlichen Ausgang gefunden, dachte er grinsend. Wo man rauskam, kam man auch wieder herein. Als er auf den Baum steigen wollte, sah er, dass dieser wohl regelmäßig als Ein- und Ausstiegshilfe genutzt wurde, im Mondlicht erkannte er Kerben im Holz. Wieso hatten die Erzieher nicht einfach das Fenster darüber gesichert, so dass kein Heiminsasse nachts verschwinden konnte? Zumindest jetzt, bei Schnee, war es so gut wie unmöglich, ohne verräterische Spuren zu verschwinden. Aber vielleicht war den Zöglingen das egal, es handelte sich nach seinen Informationen um schwer erziehbare Jugendliche und Kinder aus zerrütteten Familienverhältnissen. Aber was verstand er schon von Kindern.

Er stellte einen Fuß in die Astgabel und zog sich an den beiden dicken Ästen hoch, so dass er mit Leichtigkeit den Sims unter dem Fenster erreichte. Nachdem er sich hochgestemmt hatte, schaute er in das geöffnete Fenster: Wie er richtig vermutet hatte, lag dahinter eine Art Lagerraum.

Mit Schwung zog er die Beine nach und ließ sich mit dem Oberkörper durchs Fenster gleiten. Er landete mit beiden Armen auf einem Regal.

## Die Eröffnung

Wir hatten zwischen dem Eingang und dem Gartentor ein Band aus apfelgrünen Luftballons gespannt, es gab Grünkohl-Orangen-Smoothies, hausgemachte Limonade und „Grüne Wiese", einen Cocktail aus Orangensaft, Prosecco und Curaçao Blue. Florian bediente an der Bar, Daniel übernahm die „Museumsführung", und ich stand im Eingang und begrüßte unsere Gäste.

Große Schalen mit grünen Äpfeln standen überall herum, die Handtücher und die Bezüge der Liegen waren apfelgrün, und auch die Flyer, die ich hatte drucken lassen, sahen frisch, jung und, wie ich fand, einfach klasse aus. Die durchsichtigen Designerstühle, die ich in den Wartebereich gestellt hatte, trugen apfelgrüne Kissen. Nichts erinnerte hier an die Miefbude von Torsten. Sandra, die Jüngste im Bunde, saß an der Anmeldung und nahm, so war meine Hoffnung, bereits während des Eröffnungsempfangs erste Terminwünsche unserer Patienten entgegen.

Sie waren alle gekommen. So ziemlich jedenfalls, soweit wir das überblicken konnten. Natürlich hatten wir die Adressen „unserer" Patienten kopiert, bevor wir *Refit* verlassen hatten. Allerdings haben wir uns nicht getraut, den Patienten eine persönliche Einladung zuzuschicken, man hätte uns des Datenklaus haftbar machen können. Das jedenfalls hatte mir mein stiller Gesellschafter eingebläut. Florian und Daniel hätten da weniger Bedenken gehabt.

Schließlicht hatten wir uns auf Anraten meines, wie mir schien, ziemlich gewieften Geschäftspartners einen Trick einfallen lassen: Wir informierten die Patienten bei ihrer letzten Anwendung, dass wir aufhören würden. Auf Nachfrage, wohin wir gehen würden, sagten wir, dass wir das leider nicht sagen dürften. Dann verteilten wir neutrale Flyer einmal rund um den Dianasee sowie in allen Häusern, in denen unsere Patienten wohnten. Niemand würde uns Datenklau nachweisen können. Auf den Flyern waren natürlich unsere Köpfe abgebildet, wir konnten also davon ausgehen, dass die meisten unserer Patienten informiert waren.

Zur Eröffnung hängten wir außerdem am Gartenzaun ein Transparent auf, und ich hatte bei allen Ärzten im Umkreis von zwei Kilometern nicht nur Visitenkarten verteilt, sondern auch gefragt, ob ich einen Aushang machen dürfe. Um die Sprechstundenhelferinnen gnädig zu stimmen, habe ich in jede Arztpraxis eine Schale mit grünen Äpfeln gebracht und die Frauen zu unserer Eröffnung eingeladen. Schließlich waren sie unsere beste Werbung.

Lange hatten wir überlegt, ob wir Musik zur Eröffnung anbieten sollten, eine Gruppe engagieren – oder vielleicht einen Leierkastenmann. Aber was mochten unsere Patienten? Die meisten waren über sechzig, aber es gab natürlich auch jüngere, die nach Sport- oder anderen Unfällen wieder fit gemacht werden mussten. Die einen würden durch die Musik für die anderen abgeschreckt werden und umgekehrt. Also keine Musik.

Trotzdem wurde es voll in der alten Villa. Die Hälfte der neugierigen Besucher stand draußen im Garten, das Haus und die wunderbare Lage am See wurden allgemein bewundert. Wir hatten den Zugang zur oberen Etage mit Paravents zugestellt, denn die oberen Räume waren noch komplett unrenoviert. Viele der Besucher kannten wir nicht, wir nahmen an, dass es sich um Nachbarn handelte oder um Menschen, die wir mit unserer Briefkastenaktion erreicht hatten.

Als wir am Abend müde, aber glücklich die Reste der Party zusammenräumten, waren wir uns einig: Das war ein phänomenaler Start für ein erfolgreiches Unternehmen. Die erhofften Terminbuchungen bei Sandra gab es allerdings noch nicht.

Auch in den ersten Tagen haben wir mehr oder weniger Däumchen gedreht. Was aber nicht so schlimm war, denn es gab noch eine Menge zu tun, was wir nicht bis zur Eröffnung geschafft hatten.

## Wiedersehen am Dianasee

Granny Smith. So hießen diese grünen Äpfel, die sie am Eingang anboten, soweit er sich erinnern konnte. Er hatte sich keinen davon genommen, so richtig traute er seinen neuen Implantaten noch nicht. Dafür trank er eine „Grüne Wiese“, die nicht nur scheußlich aussah, sondern seiner Meinung nach wie Rinderpisse schmeckte. Mit dem Glas in der Hand schlenderte er um die alte Villa herum. Den Fliederbaum hatten sie inzwischen abgeholzt. Kein Wunder. Das Einsteigen in dieses Haus war ein Kinderspiel gewesen.

Es war ihm, als sei es gestern gewesen: Er hatte das einladend offen stehende Fenster hinter sich geschlossen, schließlich wollte er nicht von dem Ausreißer überrascht werden. In dem kleinen Raum waren auf stählernen Regalen Toilettenpapierrollen, Putz- und Waschmittel gestapelt gewesen. Er rieb sich die Hände in seinen Handschuhen, die durch die Kälte fast taub waren, schlich zur Tür und sah, dass darin ein Schlüssel steckte.

Leise drückte er die Klinke herunter, die Tür war verschlossen. Langsam, um nur ja kein Geräusch zu machen, drehte er den Schlüssel um und lauschte in die Dunkelheit. Nichts, kein Laut war zu hören gewesen.

Er schaute sich auf dem leeren Gang um. Der Mond warf sein fahles Licht durch das Flurfenster. Wohin? Direkt gegenüber war eine Tür. Er schloss die Kammer hinter sich und schlich auf Zehenspitzen hinüber. Das war allerdings gar nicht so einfach, denn auch seine Füße waren auf dem Weg über den See in seinen Schuhen ganz steif gefroren, es war so verdammt kalt in dieser Nacht.

Mitten im Gang blieb er stehen und sog die warme Luft ein. Es roch nach Vanillepudding, Muckefuck und Kohleheizung. Dabei wusste er, dass der Vanillegeruch nicht daher rührte, dass die Zöglinge mit Pudding verwöhnt worden waren. Es war dieses Bohnerwachs, mit dem sie überall in öffentlichen Gebäuden das Linoleum polierten, das diesen künstlichen Geruch verströmte. So hatte es in seiner Schule auch gerochen. Bohnerwachs, eindeutig Bohnerwachs. Wie anders es doch nebenan geduftet hatte. Das bestätigte seine Überzeugung, dass man Reichtum riechen konnte. Aber Armut eben auch.

Sogar heute noch. Obwohl selbst die Armen versuchten, den verräterischen Gestank ihrer jämmerlichen Existenz mit künstlichen Gerüchen zu übertünchen. Aber er erkannte das Elend immer noch am Geruch. Da war zum Beispiel der Gestank von billigstem Weichspüler, der ihm in den „ärmlich, aber reinlichen“ Haushalten so oft in die Nase gestiegen war und den Uringeruch aus dem Hausflur übertünchen sollte. Oder dieses Potpourri aus getrockneten Blüten, die schwach nach Lavendel, Staub und Patschuli rochen und den beißenden Gestank von zu vielen Selbstgedrehten in den Wohnungen altgewordener Hippies vergessen machen sollte. Da war der Geruch von Mottenpapier, das in jeder Ecke hing, aber niemals irgendeine Motte davon abgehalten hatte, sich an dem Persianer von Oma vollzufuttern.

Die neuen Besitzer der Villa hatten sich viel Mühe gegeben, den Geruch von Zerfall und Moder mit dem künstlichen Duft grüner Äpfel zu vertreiben, den sie wohl in jede Ecke gesprüht hatten. Ekelhaft. Künstlich, alles künstlich, hätte nur noch gefehlt, dass sie diese albernen Räucherstäbchen angezündet hätten.

Die vor ihm liegende Tür war weit geöffnet und ließ den Blick frei auf die Kardiogeräte, Laufbänder und andere Folterinstrumente, deren Namen er nicht einmal kennen wollte. Es war damals der erste Raum gewesen, den er betreten hatte, er war so viel dunkler gewesen als der Flur, vor dem Fenster hing ein dünner Vorhang, der dennoch genug Licht durchließ, um sehen zu können, was sich in dem Raum befand. Vier Kinderbetten. Vier kleine Betten, in denen Kinder schliefen. Er konnte nicht erkennen, ob es sich um Mädchen oder Jungen handelte. Er hörte ihre leisen, regelmäßigen Atemzüge, in dem Raum hing ein schwacher Hauch von Urin. Es gab wohl den einen oder anderen Bettnässer in diesem Raum.

Lass sie schlafen, hatte er sich gesagt, wer schläft, sündigt nicht. Wie oft hatte er diesen Spruch von seiner Mutter gehört. Wer schläft, sündigt nicht. Was für ein Quatsch, er konnte gar nicht mehr zählen, wie oft er im Traum gesündigt hatte und am Morgen verzweifelt versucht hatte, seine Sünde vor seiner Mutter zu verbergen.

## Gähnende Leere

Der erste Monat war ein Totalausfall, was ich so nicht einkalkuliert hatte. Die Gehälter, die Miete, die Kosten für die Eröffnung, die Drucksachen, die Werbegeschenke, es summierte sich. Niedergeschlagen saß ich vor meiner Kalkulation und versuchte auszurechnen, wie lange ich diesen Zustand noch durchhalten konnte.

„Blödsinn", sagte Alex, „das ist doch eine Milchmädchenrechnung. Du solltest nicht ausrechnen, wie lange du das durchhalten kannst, sondern überlegen, wie du das Geschäft ankurbeln kannst."

Ich verbrachte meine Tage anstatt im Behandlungsraum hinter dem Computer, wo ich versuchte, uns einen ordentlichen Webauftritt zu basteln, was mit meinen mageren Computerkenntnissen mehr Frust als Lust war. Meine Kollegen saßen an der Anmeldung und alberten herum, niemand von ihnen hatte bessere Computerkenntnisse als ich.

„Das ist zwar ein Muss, aber mal ehrlich, suchst du dir eine Krankengymnastik über das Internet?", fragte Alex.

Ich hatte mir selbst noch nie eine Krankengymnastik suchen müssen, deshalb konnte ich ihm diese Frage nicht beantworten.

„Ich verstehe einfach nicht, wieso unsere Patienten nicht zu uns kommen. Es sieht besser bei uns aus, wir sind die Leute, an die sie gewöhnt sind, es kostet nicht mehr und nicht weniger, und es ist genauso weit vom S-Bahnhof entfernt wie Torstens Praxis. Parkplätze sind auch genug da. Was machen wir falsch?"

„Nichts, denn noch hattet ihr ja kaum Gelegenheit, etwas falsch zu machen", sagte Alex.

„Drei Patienten heute, davon können wir nicht leben."

Es waren vor allem die jungen Patienten, die kamen.

„Vielleicht ist unser Image zu jung, unser Auftreten zu grün, wenn du verstehst, was ich meine", sinnierte ich.

„Quatsch. Ihr müsst mehr werben. Geh dahin, wo deine Patienten sind."

„Die sind bei *Refit*."

„Dann kleb an die Bäume rund um *Refit* Werbung."

„Das ist verboten."

„Ja, es ist auch verboten, dass man Hundekacke nicht wegmacht, trotzdem trittst du dauernd in Hundehaufen", sagte Alex.

Er hatte ja recht. Überall hingen Zettel. Mit Wohnungssuche, Veranstaltungsangeboten, Garagenverkäufen. Warum also nicht, auf einen Versuch kam es an.

Am nächsten Morgen krallte ich mir also unsere Flyer, Tesafilm und Schere und kleisterte die ganze Gegend zu.

Es dauerte noch nicht mal eine Stunde, da rief Torsten an und stellte mir ein Ultimatum: Entweder die Dinger verschwänden sofort, oder er erstattete Anzeige beim

Ordnungsamt. Ob ich nicht wüsste, dass das bis zu zwanzigtausend Euro kosten könne.

Na prima. Die Aktion war ja ein voller Erfolg. Ich rief meine Mitarbeiter zu einer Krisensitzung zusammen. Ideen wurden gesucht, wie wir neue Patienten finden konnten. So gut, wie wir dachten, schienen wir nicht zu sein. Das war eine bittere Erkenntnis, was nicht gerade zur Stimmungsaufhellung beitrug.

„Es hilft nichts, wir brauchen eine klare Analyse, was hier schiefläuft", sagte ich. Denn eins war sicher: Die Physiopraxen, die ich kannte, egal, in welcher Lage, waren alle überbucht. Nur bei uns herrschte gähnende Leere.

„Meine besten Patienten kommen nicht", sagte Florian. „Okay, ich gebe zu, die sind zwischen achtzig und scheintot, vielleicht hassen alte Leute Veränderungen, wie man so hört."

„Bei mir auch so. Patienten, die ich seit fünf Jahren an meiner dicken, breiten Brust gepflegt habe, bei denen ich mir so sicher war, dass sie kommen würden, sind noch nicht erschienen", sagte Daniel. „Nur die Sportunfälle sind mitgewandert. Vier Menisken."

„Vielleicht brauchen die mehr Zeit", warf Sandra ein.

„Zeit, Leute, haben wir nicht, irgendwie muss ich das Ganze finanzieren, und es wird langsam knapp." Das war eine schlichte Untertreibung, aber was half es, wenn meine Mitarbeiter in Panik gerieten. Es reichte, wenn ich meine Panik mühsam unterdrücken musste.

„Vielleicht solltest du mal eine Anzeige schalten in so

einem Bezirkskäseblättchen, wo man noch einen Artikel obendrauf bekommt", schlug Daniel vor.

„Glaubt ihr wirklich, dass die Leute, die hier in der Umgebung wohnen, diese Werbezeitungen lesen, die man nicht abbestellen kann?"

„Wäre doch einen Versuch wert", meinte Florian.

Da ansonsten keine überzeugenden Ideen kamen, rief ich beim Bezirksblättchen an.

## Erinnerungen

„Hallo, wer ist da?“, fragte eine Frauenstimme.

Er zuckte zusammen. Dabei war er nur dem Mann gefolgt, der ihn mit dem giftgrünen Frotteetuch in der Hand zu dem Raum ganz hinten links führte. „Hallo, ich bin der Florian“, hatte sich der Mann ihm vorgestellt.

Er erkannte sehr wohl den Gang und vor allem den Raum, in den er geführt wurde. Er drehte sich um nach der Frauenstimme, die sich anhörte wie damals, aber niemand war zu sehen. Hatte seine Erinnerung ihm einen Streich gespielt? Als er sich dem kleinen Raum am Ende des Ganges näherte, sah er sich noch einmal um. Er vermeinte, wieder diesen merkwürdigen Geruch nach ranzigem Fett zu riechen, und sah die Frau in ihrem knielangen Nachthemd mit wirren Haaren hinaus auf den Flur treten.

„Was zum Teufel …“

Er war mit drei Schritten bei ihr gewesen. Bevor sie schreien konnte, hatte er ihr die Hand auf den Mund gelegt. Sie wehrte sich mit dem ganzen Körper wie eine Katze, die man festhielt. Er hatte keine andere Möglichkeit, als sie zurück in ihr Zimmer zu drängen und sie auf die aufgeschlagene Bettdecke zu werfen, mit dem Gesicht nach unten. Er wollte schließlich nicht, dass sie ihn später identifizieren konnte. Obwohl die Frau zierlich war, hatte sie erstaunliche Kräfte. Er warf sich auf sie und nahm den widerlichen Fettgeruch wahr, der in ihren Haaren hing. Wie sollte er sie ruhigstellen? Sobald er die Hand von ihrem Mund nähme, würde sie das ganze Haus zusammenschreien.

Mit einer Hand drückte er ihr Gesicht in das Kissen, was ihm erlaubte, die andere Hand unter ihrem Kopf hervorzuziehen. „Psst, sei ganz ruhig, dir passiert nichts, ich habe eine Waffe."

Sie strampelte unter ihm.

„Hast du mich gehört, du sollst still sein."

Sie versuchte, unter ihm zu nicken. Aber sobald er ihren Kopf losließ, fing sie an zu schreien!

Er drückte sie erneut in das Kissen. Er drückte und drückte, es war gar nicht so einfach, denn die Frau wehrte sich mit allen Kräften, die ihr noch zur Verfügung standen. Er spürte, wie sie unter ihm schwächer wurde, er musste dafür sorgen, dass sie keine Luft bekam, damit sie endlich ruhig war.

Es war, als ob er sich selbst dabei zusah, wie er mit seinem dicken Tweedmantel auf dieser Frau lag und ihren Kopf mit Gewalt in das Kissen presste. *Wie lange braucht man, bis jemand erstickt?*, fragte er sich. Und stellte fest, dass man dafür sehr lange brauchte, viel zu lange, zumindest, wenn man es eilig hatte. Und man brauchte viel Kraft dazu, denn niemand ließ sich ohne Gegenwehr ersticken.

Wie viel Zeit war vergangen, bis sie ganz schlaff wurde

unter ihm? Nein, sie war nicht tot, sie war nur ohnmächtig, sagte er sich. Sie würde bald wieder zu sich kommen, da war er sich ganz sicher. Er hatte sich von der leblosen Gestalt herunter aus dem Bett gewälzt und wäre dabei fast auf den Boden gefallen.

„Ich komme gleich wieder, ziehen Sie sich schon mal aus", sagte der Physiotherapeut.

Er musste sich hinsetzen, die Erinnerung an die unter ihm zuckende Frau hatte ihm die Knie weich werden lassen.

Das Zimmer sah ganz anders aus als damals. Es strahlte in hellen Farben, aber genau wie damals stand nicht mehr als ein Stuhl und eine Liege in dem Zimmer. Es fehlten nur der Schrank und der Nachttisch, auf dem, wie er sich erinnerte, eine geschmacklose Lavalampe gestanden hatte.

Er zog sich aus und legte sich auf diese schmale, giftgrün bezogene Liege.

## Redaktionsbesuch

Die Anzeige hatte ich mit der Anzeigenleitung abgesprochen. Das ging einfacher, als ich dachte, war aber doppelt so teuer, wie ich befürchtet hatte. Dafür hatte man mir den Besuch von Emma Straub angekündigt. Emma Straub kam mit Smartphone und dem Selbstbewusstsein einer Henri-Nannen-Preisträgerin. Ich führte die Redakteurin durch unseren Betrieb, zeigte ihr die gut ausgestatteten Behandlungszimmer, in denen man von der Liege aus einen tollen Blick auf den Dianasee hatte, machte mit ihr einen Rundgang durch den Garten und stellte meine Mitarbeiter vor. Emma Straub fragte nicht viel, machte aber viele Fotos und ließ sich unsere Namen in ihr Smartphone diktieren. Meine Hände waren schweißnass, als sie gegangen war. Was sie wohl über unsere Praxis berichten würde? Bis zum Erscheinen des Anzeigenblättchens konnte ich nachts kaum schlafen.

Alex beruhigte mich: „Die schreiben immer nur Positives, die wollen doch Anzeigen haben."

Das sagte ich mir auch, aber trotzdem war ich merkwürdig nervös, um nicht zu sagen, ich hatte ein schlechtes Gefühl. Emma Straub hatte mich eingeschüchtert, dabei sah sie aus wie eine frischgebackene Abiturientin, was meinem Magengrummeln keinen Abbruch tat.

Als ich die Zeitung morgens in unserem Briefkasten fand, zitterten mir die Hände, während ich sie eiligst durchblätterte. Da, die Anzeige! Die sah genauso aus, wie ich sie geschaltet hatte, richtig gut, fand ich. Aber wo war der Artikel? Den fand ich eine Seite weiter auf der linken Seite. Ich fragte mich, wieso Emma Straub so viele Bilder gemacht hatte, es gab nur ein Bild von dem alten Haus, kein einziges Foto zeigte unsere wunderschönen Behandlungsräume. Unter der Überschrift: *Neues Leben in alten Räumen* wurde in knappen, lieblosen Sätzen darüber berichtet, dass es in der stadtbekannten, bisher leer stehenden Villa Falk jetzt ein junges Team von Physiotherapeuten gab. Toll. „Na ja, was sollen sie auch anderes berichten", sagte Alex. „Sehr viel mehr gibt es doch nicht zu sagen."

Er hatte recht. Aber würde der Artikel uns die ersehnten Patienten bringen? Würde das ausreichen?

Der Artikel zeigte durchaus Wirkung. Das Telefon klingelte auf jeden Fall ein wenig öfter als in den Wochen davor, und wir bekamen einige neue Patienten. Wenn ich allerdings die Kosten gegen die Einnahmen aufrechnete, dann war die Anzeige ein glattes Verlustgeschäft.

„So darfst du nicht rechnen, das wird sich langfristig auszahlen, du musst dir doch erst einen Namen machen", beruhigte mich Alex.

„Aber bis dahin muss ich Miete und Gehälter bezahlen. Und Steuern und Sozialabgaben. Und ich habe keine Ahnung, wovon!"

Also lief ich wieder durch die Straßen und verteilte meine Flyer. Davon hatte ich so viele drucken lassen, dass das noch für ein paar Jahre reichen würde.

Einige Tage, nachdem unsere Anzeige im Bezirksblatt erschienen war, rief mich Emma Straub an. Sie hätte ja mit mir ein Interview geführt, ob ich mich erinnern würde. Klar erinnerte ich mich an dieses selbstbewusst auftretende Mädchen.

„Ich arbeite jetzt bei der Tageszeitung", sagte sie. Sogar mir war klar, dass das eindeutig ein Aufstieg auf der Karriereleiter war.

„Herzlichen Glückwunsch", sagte ich also.

„Ich würde gern das mit Ihnen geführte Interview für einen Artikel in der Tageszeitung nutzen."

Ich war baff. „Und was soll mich das kosten?", fragte ich.

„Wieso kosten? Die Redaktion arbeitet absolut unabhängig von der Anzeigenabteilung."

„Das hoffe ich auch, denn noch eine Anzeige kann ich mir ehrlich gesagt nicht leisten."

„Ich wollte nur wissen, ob ich die von Ihnen gemachten Aussagen verwenden darf", sagte Emma Straub. „Oder muss ich noch mal kommen?"

„Nein, natürlich nicht", sagte ich und konnte mein Glück kaum fassen.

„Die Bilder auch?"

„Selbstverständlich!" Ich jubilierte. Es war also doch nicht umsonst gewesen, die Frau einmal quer durchs Gebäude geschleppt zu haben.

Doch dann fiel mir etwas ein. „Dürfen Sie denn das?

Ich meine, bekommen Sie keinen Ärger mit der Bezirkszeitung?“

„Bei denen habe ich als Freie auf Zeilenhonorarbasis gearbeitet. Ich kann mit meinen Recherchen anfangen, was ich will.“

„Und jetzt verkaufen Sie die Geschichte also noch mal an die Tageszeitung?“ Das war ja ein schlaues Geschäftsmodell, dachte ich.

„Nein, ich arbeite hier als Festangestellte.“

Na gut, das war nicht mein Problem, befand ich. Jede Zeile, die in einer Zeitung über uns geschrieben wurde, würde uns nützen.

„Na dann, viel Glück.“

„Nur noch eine Frage habe ich noch: Gruseln Sie sich nicht in dem Haus?“

„Wieso sollten wir uns hier gruseln?“

„Na, immerhin hat das Haus viele Jahre leer gestanden und schon eine lange Geschichte hinter sich.“

„Nein, wir fühlen uns hier ausgesprochen wohl“, antwortete ich.

„Vielen Dank, Frau Völske“, sagte sie und legte auf.

Natürlich kaufte ich mir am nächsten Tag die Zeitung. Aber es erschien darin nicht eine einzige Zeile über uns. Und auch am nächsten und am übernächsten Tag nicht. Ich dachte schon, dass aus dem großartigen Versprechen nichts geworden wäre, bis ich die Sonntagszeitung aufschlug, die Alex abonniert hatte.

## Mordhaus wird zur Wellness-Oase

Es ist halb sieben, als die Besatzung eines Funkstreifenwagens die Berliner Mordkommission alarmiert. Die Beamten sind an jenem 21. Februar 1977 von einer Mitarbeiterin in das Fürsorgeheim am Dianasee gerufen worden. Die Frau wollte gerade ihre Frühschicht antreten, als sie eine furchterregende Entdeckung macht. Durch den Spalt der Toilettentür sickert Blut. Die Tür scheint von innen blockiert.

In dem Haus bietet sich den Polizisten ein grauenerregendes Bild: In einem Zimmer im Erdgeschoss liegt die 51-jährige Erzieherin Luise T. tot in ihrem Bett, einige Zimmer weiter finden die Beamten die Leichen von dem zehnjährigen Burghard und dem elfjährigen Thomas.

Hinter der blockierten Toilettentür, die den Einsatz ausgelöst hatte, wird die Leiche des 17-jährigen Uwe Z. gefunden. Der Täter hat ihm die Kehle durchgeschnitten. Auch in der ersten Etage werden die Beamten fündig: Die 16-jährige Gabriele kniet leblos vor ihrem Bett. Sie wurde erwürgt. Im Bett gegenüber hat sich die 15-jährige Ulrike mit ihrem Teddybären unter der Bettdecke versteckt. Das traumatisierte Mädchen wird sofort in ein Krankenhaus gebracht. Sie ist vom Täter vergewaltigt worden.

Hinter dem Haus finden die Kriminaltechniker blutige Spuren, die sie in dem in der Nacht frisch gefallenen Schnee bis zum S-Bahnhof Grunewald verfolgen können. Im Gebüsch eines Nachbarhauses werden blutige Handschuhe gefunden, die der Täter offensichtlich entsorgt hat. Die von der Polizei angeforderten Spürhunde können die Spur des Täters bis auf den Bahnsteig Richtung Innenstadt verfolgen, sogar der S-Bahn-Waggon, in dem der Täter geflohen ist, kann ermittelt werden. Aber hier verliert sich die Spur.

Zur Verwirrung der Polizei trägt vor allem die Tatsache bei, dass derselbe Täter offensichtlich direkt vor den Morden in die neben dem Fürsorgeheim stehende Villa eingebrochen ist, wie die Polizei Tage später ermitteln kann.

Er hat sich dort ein Glas Whiskey eingegossen und zwei Zigaretten geraucht, deren Kippen im Aschenbecher gefunden werden. Nachdem der zur Tatzeit verreiste Besitzer der Villa nach Diebesgut befragt werden konnte, wird klar, dass der Einbrecher sich dort mit dem Mordwerkzeug bewaffnet hat: Alles, was fehlt, ist ein spitzer, scharfer Dolch, der als Brieföffner diente.

Aber obwohl der Täter so viele Spuren hinterlassen hat, die überlebende Zeugin sein Aussehen beschreiben konnte und es Dutzende Hinweise aus der Berliner Bevölkerung gab, ist dies bis heute der älteste ungeklärte Massenmord Berlins. Die blutbefleckten Bettlaken sind aus „seuchenhygienischen Gründen" irgendwann entsorgt worden. Allerdings sind auch alle Spuren, die heute mit den neuesten kriminaltechnischen Verfahren einen Hinweis auf den Täter hätten liefern können, entweder unbrauchbar geworden oder verschwunden. Auch wenn eine Cold-Case-Einheit der Berliner Polizei vor einigen Jahren den Fall nochmals aufgerollt hat – der Täter lebt bis heute unentdeckt unter uns.

Das Haus am Dianasee steht seit Jahren leer, vor mehr als zehn Jahren ist es im Rahmen einer Versteigerung verkauft worden. Niemand wollte in dem Mordhaus wohnen, jetzt hat dort Lene Völske, 25, eine Physiotherapie-Praxis eröffnet. Fünf helle und freundliche Behandlungsräume, die alle einen Blick auf den Dianasee bieten, hat Völske im Erdgeschoss der Villa eingerichtet. In ihrem Kalender, so gesteht sie, ist durchaus noch Luft, was bei der Geschichte des Hauses nicht allzu sehr verwundert. Auf die Frage, ob sie sich in der Villa und bei ihrer Geschichte dort nicht gruseln würde, sagte die Therapeutin: „Nein, wir fühlen uns hier ausgesprochen wohl."

Groß über dem Artikel prangte ein Bild von der Villa, daneben ein Foto von einem unserer Behandlungsräume und mitten im Text ein Porträt von mir.

Ich musste so laut geschrien haben, dass Alex, der ein

Mittagsschläfchen hielt, glaubte, mir wäre etwas wirklich Schlimmes passiert. Und genau genommen war es das ja auch.

„Dürfen die das eigentlich?“, fragte Alex.

„Ich habe es der blöden Kuh erlaubt.“

Wir haben den Rest des Sonntags damit verbracht, zu überlegen, was das jetzt bedeutete.

## Der Tigerkäfig

Langsam ließ er die Zeitung sinken. Es war merkwürdig, jetzt, so viele Jahre danach, über diese Nacht zu lesen. Nie würde jemand wirklich wissen, wie es damals tatsächlich gewesen war, was er gesehen und gerochen, gedacht und gefühlt hatte. Sie hatten ihn nicht gekriegt, sie konnten ihn nicht kriegen, sie würden ihn nie kriegen. Weil er kein Motiv gehabt hatte, weil es nichts Persönliches gewesen war. Er hatte das Tier in ihm aus dem Käfig gelassen.

Diese Nacht gehörte nur ihm, er hatte in jener Nacht alles gesehen und alles über das Böse gelernt, was es zu lernen gab.

Als er das erste Mal in jener Nacht auf die Uhr geschaut hatte, war es halb vier Uhr morgens gewesen. Knapp zwei Stunden hatte er gebraucht, um das Bild, das er und alle anderen von ihm hatten, zu zerreißen wie ein altes Foto, aus dem man eine unliebsam gewordene Person entfernen wollte. Aber er hatte sich selbst entfernt aus diesem Bild.

Die erste S-Bahn würde ihn wegbringen von dem Grauen, er würde verschwinden im Nirgendwo der Stadt und sein Leben weiterleben wie bisher. Nur mit der Gewissheit, dass tief in ihm ein anderer steckte.

Er war über die knarrende Treppe hinab in das Erdgeschoss gestiegen, wo er die Tür zu der Kammer verschlossen hatte. Als er die schmale Tür leise hinter sich schloss, kam es ihm vor, als ob er die Tür zum Käfig wieder verriegelte. Ja, genauso fühlte es sich an, so, als hätte er den Käfig aufgesperrt und das Tier in ihm herausgelassen.

Er stieg auf die Anrichte, um das Haus durch das Fenster zu verlassen. Da hörte er das Knistern von Schritten im Schnee. Er schaute in den inzwischen von dicken Wolken verhangenen Himmel, es schneite immer noch. Wer war da im Garten? Ein Wachmann? Oder der Fürsorgling, der sich heimlich, still und leise über den Busch aus dem Staub gemacht hatte?

Er sah, wie die dicken Äste des Flieders sich bewegten, er hörte das leise Ächzen von jemandem, der sich an den Zweigen hochzog, er sah den zu einer Wolke gefrorenen Atem, bevor ein Kopf im Fenster erschien.

Wohin sollte er verschwinden? Wollte er überhaupt verschwinden? Eine Pudelmütze tauchte im Fensterrahmen auf. Er drückte sich an das Lagerregal, aber es war ihm klar, dass er sofort entdeckt werden würde, es gab kein Versteck in diesem schmalen, vollgestopften Rau. In der Dunkelheit war nicht auszumachen, ob es sich um eine Frau oder einen Mann handelte. Die Gestalt zog sich durch das Fenster, so, wie er sich Stunden zuvor hier hochgezogen hatte. Als sie ihn bemerkte, stieß die Gestalt einen leisen Schreckensschrei aus.

„Psst", machte er.

„Was machen Sie denn hier?" Die Stimme hörte sich an wie von einem Mädchen. Neugierig, nicht vorwurfsvoll.

„Das Gleiche könnte ich Sie fragen", gab er im gleichen Ton zurück.

„Das sehen Sie doch, ich will ins Bett." Sie war frech, das gefiel ihm.

„Ich will Sie nicht aufhalten", sagte er und machte eine einladende Bewegung Richtung Tür.

„Haben Sie echt gedacht, hier gäbe es was zum Klauen?"

„Los, husch in die Heia!", sagte er. „Und kein Wort!"

„Ich bin doch nicht lebensmüde!", gab sie zurück.

Sie verstanden sich.

„Dann sind wir uns ja einig", sagte er und schwang sich auf die Anrichte.

„Gute Nacht", sagte sie und öffnete die Tür.

„Schlaf schön", sagte er sanft und ließ sich an dem Baum herunter, wobei ein Ast ihm den Mantelärmel aufriss.

Als er endlich unten angekommen war, atmete er einmal tief durch. Die eiskalte Nachtluft tat ihm wohl. Er wischte sich die Flocken aus dem Gesicht und stapfte durch den Schnee um das Haus herum zur Vorderseite, wo er das Anwesen durch das Gartentor verließ. Als er sich am Ende der Straße umblickte, sah er, wie der fallende Schnee seine blutigen Fußspuren bedeckte. Er bückte sich und schaufelte sich mit der Hand den lockeren Schnee ins Gesicht, wusch sich die Hände damit und wischte die Fußsohlen ab. Sein Mantel war blutig, das war ihm klar, aber wer würde sich schon an seinen Mantel erinnern, wer würde sich überhaupt an ihn erinnern?

Die S-Bahn war leer, und wer um diese Zeit S-Bahn fuhr, kam entweder von einer Party oder war noch müde und auf dem Weg zur Arbeit. Wen interessierte da ein Besoffener, der sich vollgekotzt und gepinkelt und sich beim Hinfallen verletzt hatte. Da schaute man weg. War einfacher.

Als er unten im Bahnhof war, hörte er den einfahrenden Zug. Mit einem Sprint war er oben auf dem leeren Bahnsteig und erreichte den letzten Wagen. Der S-Bahn-Waggon war ebenfalls leer.

## Fluchtgedanken

Was der Artikel tatsächlich bedeutete, erlebte ich am Montag.

*Wie sage ich es meinen Mitarbeitern?*, das war die Frage, die mich das ganze Wochenende beschäftigt hatte.

Und es begann so, wie ich es erwartet hatte. Die Ratten verließen das sinkende Schiff. Sandra war die Erste, die mir erklärte, dass sie von ihrem Gehalt leben musste.

„Ach was", sagte ich. Dabei hatte ich genau das erwartet. Ich fragte auch nicht, wohin sie gehen wollte, mir war klar, dass sie sich heim in Torstens Reich stürzen würde. Aus den Stellenangeboten wusste ich, dass Torsten dringend Personal suchte, er würde meine ehemaligen Kollegen mit Handkuss zurücknehmen.

„Will noch jemand kündigen?", fragte ich direkt in die Runde. „Ich lasse euch auch fristlos gehen, weil ich mir gar nicht so sicher bin, womit ich eure Gehälter bezahlen soll."

„Nein, natürlich nicht, das stehen wir gemeinsam durch", sagte Florian, und auch Daniel beteuerte: „Mitgehangen, mitgefangen."

Wenn ich ehrlich zu mir war, hatte ich wohl heimlich, still und leise darauf spekuliert, dass auch die beiden Männer mit fliegenden Fahnen zu Torsten zurückkehren wollten. Dann hätte ich „nur noch“ die Miete und meinen stillen Gesellschafter an der Backe. Mit dem ich dringend reden musste.

Aber erst mal musste ich diesen fiesen Durchfall loswerden, der mich seit Sonntagmorgen plagte.

„Du hast keinen Durchfall, du hast Schiss in der Hose“, sagte mir Alex auf den Kopf zu. „Los, tritt die Flucht nach vorn an. Er ist dein Partner, du musst mit ihm sprechen.“

Ich rief ihn also an, und wir verabredeten ein Treffen in der „Pinkelbude“, wie die Anwohner ein italienisches Restaurant nannten, das in einem ehemaligen Pissoir in der Königsallee untergebracht war. Zur Appetitsteigerung brachte ich die Zeitung mit, von der ich mir sicher war, dass er sie nicht gelesen hatte. Sonst hätte mein Telefon schon am Sonntag geklingelt.

Jens Sundermann, mein stiller Teilhaber, war zusammen mit seiner Frau gekommen, ich hatte Alex als moralische Unterstützung mitgebracht. Nachdem wir die Speisekarte begutachtet hatten – wobei ich mir sicher war, dass ich nicht mal eine Pizza runterkriegen würde –, legte ich das Corpus Delicti ausgebreitet vor Jens hin.

Gespannt beobachtete ich seinen Gesichtsausdruck, allerdings konnte ich nicht mehr als ein Stirnrunzeln ausmachen.

Als er hochschaute, wäre ich fast gestorben. Mein Herz klopfte so laut, dass ich meinte, alle Gäste in dem Restaurant müssten es hören.

„Du hast es nicht gewusst?“, fragte er.

„Nein, woher auch? Ich war damals noch nicht mal geboren“, fügte ich entschuldigend hinzu.

„Und du hast dich nicht sachkundig gemacht, warum das Haus so lange leer stand?“

„Natürlich habe ich die Vermieterin gefragt.“ Was ich nicht sagte, aber dachte: *Du hast es doch offensichtlich auch nicht gewusst, obwohl du etliche Jahre älter bist und in der Gegend wohnst.* Aber ich sprach es nicht laut aus, viel zu groß war die Angst, dass Jens sofort unseren Vertrag kündigen würde. Alex hatte mich zwar vorher beruhigt, dass das nicht so einfach wäre, aber da war ich mir nicht so sicher.

Ich erklärte ihm die Umstände, wie der Artikel zustande gekommen war.

„Dann sollten wir mit einer Klage wegen Rufschädigung drohen“, sagte Jens und fiel mit offensichtlichem Appetit über das Carpaccio her, das der Kellner soeben gebracht hatte.

„Ich habe kein Geld zum Klagen, und ich bin mir auch nicht sicher, ob wir damit überhaupt Erfolg hätten“, sagte ich.

„Natürlich gibt es null Aussicht auf Erfolg, aber so eine Drohung könnte ziehen. Sie müssen uns eine Kompensation anbieten, eine große Anzeige kostenlos oder einen guten Artikel über die Praxis.“

Jens’ Frau Vera, die, wie sich herausstellte, Anwältin war, schlug vor, auf jeden Fall eine Abmahnung zu verfassen und denen eine Unterlassungserklärung zur Unterschrift vorzulegen.

„Und was bringt eine solche Erklärung?“

„Wenn die noch mal eure Firma in einem Atemzug mit den Morden von vor zig Jahren erwähnen, müssen sie

Schadensersatz zahlen. Und bei der Summe würde ich nicht kleinlich sein."

Alex schlug vor, es erst mal mit der Tränendrüsen-Nummer zu versuchen. „Anstatt gleich mit Anwalt und Schriftsätzen zu drohen, könnte Lene ja bei der Redaktion anrufen und fragen, ob es denn in ihrer Absicht gelegen hätte, eine junge, hoch verschuldete Unternehmerin fertigzumachen, die jetzt ihr Geschäft schließen muss."

Jens und Vera schauten verständnislos. „Die sind doch nicht die Caritas, was soll das bringen?"

„Nun, vielleicht eine Kompensation, und wenn nicht, ist der Rechtsweg, wie man so schön sagt, ja immer noch nicht ausgeschlossen."

Ich schüttelte niedergeschlagen den Kopf. „Zumindest verstehen wir jetzt endlich, warum das Geschäft so schlecht anläuft. Die Alten in der Gegend wussten von den Morden und sind deshalb nicht gekommen. Nur die Jungen, die, die noch nie etwas davon gehört hatten, haben sich bei uns angemeldet."

„Verstehe ich nicht", sagte Jens, „bei der Einweihung war die Bude doch gerammelt voll mit euren ehemaligen Patienten."

„Ja, offensichtlich waren die neugierig, wie es in dem Haus aussieht. Aber sich dort behandeln wollen sie sich nicht lassen, das scheint viel zu gruselig zu sein", sagte ich.

Mein stiller Teilhaber wischte das Olivenöl von seinem Teller mit Weißbrot weg.

„Auf jeden Fall muss ich Miete zahlen und, wie du weißt, haben wir – auf deinen Wunsch – einen Fünfjahresvertrag abgeschlossen, den ich nicht kündigen kann."

„Doch, das ist die Lösung, nicht wahr, Vera?“ Lächelnd wandte er sich an seine Frau.

„Ja, fristlose Kündigung aus wichtigem Grund. Sie hat dich ja nicht vorgewarnt.“

„Na also. Du bist nicht lebenslang verhaftet“, sagte Jens und tätschelte mir die Hand.

„Na ja“, sagte ich, „das wird sie mit Sicherheit anfechten. Und die Kaution wird sie mir nicht freiwillig zurückzahlen und was ist mit den Investitionen und der vielen Arbeit, die unter anderem auch Alex in das Haus gesteckt hat?“

„Zu verschmerzen“, sagte Jens achselzuckend.

Ich hätte mich fast am Wein verschluckt. „Zu verschmerzen?“ So was konnte nur ein reicher Orthopäde von sich geben. „Wir haben fast achtzigtausend Euro bisher investiert!“

„Ich habe investiert, du hast dafür gebürgt“, lächelte Jens.

Alex hatte es mir erklärt, aber so richtig verstanden hatte ich es nicht, was es tatsächlich bedeutete, wenn wir das ganze Geld verlieren würden. In diesem Moment wurde es mir klar, ich würde bis an mein Lebensende Jens das verlorene Geld abzahlen müssen. Egal, was passieren würde, ich war diejenige, die knietief in der Scheiße saß. Ich allein.

„Aber man könnte natürlich auch was anderes daraus machen“, schlug Jens vor.

Ich war inzwischen nass geschwitzt und hoffte, dass man das meiner Bluse nicht ansehen würde.

„Ja, ein Bordell“, sagte Vera lachend. „Für einen SM-Schuppen wäre die Location bestens geeignet.“

„Aber ich nicht als Puffmutter“, sagte ich entsetzt.

„Das kann man immer noch machen, wenn gar nichts geht. Wir müssen ein wenig Gras über die Sache wachsen lassen. Versuch doch erst mal deinen Schmusekurs bei der Zeitung. Und du sagtest, dass die jüngeren Patienten euch gefolgt seien. Dann solltest du vielleicht überlegen, wie du das junge Publikum direkt ansprechen könntest. Die lesen meist keine Zeitung, und schon gar nicht Lokalnachrichten."

„Ja, biete doch Yogakurse, Zumba, Kickboxen oder so was an!"

„Ich bin Krankengymnastin, kein Personal Trainer."

„Du kannst ja trotzdem deine Krankengymnastik machen: Vorne holen die sich Muskelverspannungen, und hinten werden sie wieder entspannt", sagte Jens.

„Dafür braucht man aber Geräte, Mitarbeiter, Werbung. Das kostet Geld. Das ich nicht habe."

Jens kniff die Lippen zusammen. Ich konnte seine Gedanken förmlich hören: Dann besorg es dir. Bei der Zeitung oder bei der Vermieterin oder bei der Bank. Sieh zu, wie du da wieder rauskommst, ich werde dem guten Geld jedenfalls kein schlechtes hinterherwerfen.

„Das Grundproblem ist, dass die Morde nie aufgeklärt wurden. Das ist das eigentlich Gruselige. Wenn der Täter bekannt wäre, wäre der Spuk vorbei", sagte er stattdessen.

Ich konnte ihm kaum noch folgen, denn die Panik hatte mich wie eine Monsterwelle unter sich begraben und nahm mir die Luft zum Atmen.

## Hilflos

Als wir endlich zu Hause waren, brach ich heulend zusammen. Alex versuchte mich zu trösten, aber was gab es denn schon für einen Trost, wenn gleich die ersten Schritte als Unternehmerin geradewegs in die Pleite führten. Mir war sehr brutal klargemacht worden, dass ich für meine Selbstständigkeit einen hohen Preis würde zahlen müssen.

Alex verfrachtete mich ins Bett, ihm war wohl klar, dass mich vernünftige Argumente an diesem Abend nicht mehr erreichen würden. Es folgte eine Nacht, die sogar meine schlimmsten Fieberträume übertraf. Doch diesmal war es keine Krankheit, die die dunklen Schatten an die Wand warf, sondern ein Haus, in dem fünf Menschen brutal abgeschlachtet worden waren und das ausgerechnet ich mir als Geschäftssitz ausgesucht hatte.

Was sollte ich tun? Wegrennen und alles aufgeben war keine Option, denn ich war vertraglich gebunden, wenn schon nicht an das Haus, so doch an Jens. Das Geld war ausgegeben, ich würde es zurückzahlen müssen.

Am nächsten Morgen sagte Alex bei unserem morgendlichen Cappuccino: „Du hast doch einen klaren Fahrplan. Sprich mit der Vermieterin, sprich mit der Zeitung, am besten gleich mit der Chefredaktion. Du wirst eine Lösung finden, da bin ich mir sicher."

So viel Vertrauen in mich! *Das musst du dir erst mal verdienen*, sagte ich mir. An der Tür drehte Alex noch mal den Kopf Richtung Küche und rief: „Kämpfe, Lene, kämpfe!"

Auf dem Weg zur Arbeit, den ich an diesem Morgen mit dem Fahrrad zurücklegte, war ich dann endlich gnadenlos ehrlich zu mir selbst. Ich war Physiotherapeutin, ich hatte diesen Beruf gewählt, weil ich gern mit Menschen arbeitete und Kranken helfen wollte, wieder beweglicher zu werden. Ich dachte nicht in den Kategorien von Jens und seiner Frau und – wie ich erstaunt feststellte – auch nicht in den Kategorien meines Liebsten.

„Ich bin einfach keine Unternehmerin, ich bin nicht so abgefuckt!", sagte ich laut, als ich vom Rad stieg. Aber wenn ich schon mal dabei war, ganz ehrlich zu mir selbst zu sein, dann musste ich zugeben, dass ich totalen Schiss hatte, bei der Zeitung anzurufen, und auch vor der Reaktion meiner Vermieterin.

Also nichts aufschieben, feuerte ich mich selbst an, strebte in das Kabuff neben der Treppe, das ich mir als Arbeitszimmer eingerichtet hatte, und schloss die Tür hinter mir. Als Erstes rief ich Frau Schneidermann, meine Vermieterin, an.

Ich fiel mit der Tür ins Haus: „Wussten Sie, dass in Ihrer Villa einmal ein Serienmörder fünf Menschen gemeuchelt hat?"

„Wie bitte?"

„Sie wussten es nicht?", fragte ich.

„Äh, also, ich, äh …"

„Okay", sagte ich, „ich schicke Ihnen mal einen Artikel aus der Zeitung vom Sonntag."

Betretenes Schweigen am anderen Ende der Leitung. „Sind Sie noch dran?"

„Ja", kam es leise zurück.

„Lesen Sie den Artikel, den ich Ihnen zuschicke, und dann telefonieren wir noch mal."

„Gut", sagte sie. Ich hatte die Frau offensichtlich erschreckt. Wusste sie das wirklich nicht, oder wollte sie es nicht wissen?

Natürlich war es möglich, dass sie es nicht gewusst hat. Obwohl man es ihr doch gesagt haben musste, als sie die Villa vor zehn Jahren gekauft hatte. Ich öffnete den Computer und gab die Adresse der Villa ein.

*Sie hat es gewusst! Natürlich hat sie es gewusst.* Der Senat hatte die Villa vor zehn Jahren versteigern lassen, die Geschichte der Morde anlässlich der Versteigerung füllte mehrere Seiten in den Suchergebnissen bei Google. Wieso war ich eigentlich so dämlich gewesen, nicht zu recherchieren, bevor ich den Mietvertrag unterschrieben hatte? Mir wurde heiß, als ich feststellte, dass ich allein schuld an meiner Misere war. Ich hätte mich sachkundig machen müssen. Auf meinem Weg in die Selbstständigkeit war ich bereits über den ersten Stolperstein gefallen.

Frau Schneidermann würde mich nicht aus dem Vertrag entlassen. Die Informationen waren frei zugänglich.

Ich war sauer auf mich selbst. Hatte es überhaupt einen Zweck, bei der Zeitung anzurufen?

*Okay, ich bin vielleicht ein bisschen blöd, aber ich bin nicht feige*, stachelte ich mich an. Todesmutig wählte ich die Nummer der Zeitung, die ich im Impressum fand. „Ich möchte gern Emma Straub sprechen", sagte ich der Telefonzentrale.

„Wen?", fragte die Frau mit der freundlichen Stimme.

„Emma Straub."

„Tut mir leid, eine Frau Straub kann ich hier nicht finden. Könnten Sie den Namen bitte buchstabieren?"

Mein ohnehin kaum vorhandener Mut sank unter Tischkantenniveau. Hoffnungslos buchstabierte ich den Namen.

„Nein, das kann nicht sein, eine Frau mit diesem Namen arbeitet nicht bei uns", sagte die freundliche Stimme.

„Aber in der Sonntagszeitung gab es von ihr einen großen Artikel."

„Vielleicht eine freie Mitarbeiterin. Ich verbinde Sie mal mit der Lokalredaktion. Wie war doch gleich Ihr Name?"

Als ich in der musikalisch unterlegten Warteschleife hing, rutschte mir das Herz aus dem Slip Richtung Schuhe.

„Lokalredaktion", meldete sich eine ebenso freundliche, weibliche Stimme.

„Entschuldigen Sie bitte", stotterte ich, „ich wollte Emma Straub sprechen, aber man sagte mir, sie würde nicht bei Ihnen arbeiten. Es geht um den großen Artikel in der Sonntagsausgabe."

„Emma Straub? Moment, ich verbinde mit dem Lokalchef", sagte die Frau, und dann wurde ich wieder mit Musik beschallt.

„Was hat sie denn angestellt?", fragte eine sympathische

Männerstimme, nachdem ich einige bange Minuten in der Leitung gehangen hatte.

„Äh, wie bitte?" Ich war regelrecht überrumpelt. „Mein Name ist Lene Völske. Ich wollte Emma Straub sprechen, die am Wochenende einen großen Artikel in Ihrer Sonntagsausgabe über das Mordhaus am Dianasee geschrieben hat."

„Deshalb meine Frage: Was hat sie angestellt? Stimmt etwas nicht?"

„Äh, nein, also …" Die direkte Art des Mannes brachte mich vollkommen aus dem Konzept, so ich denn jemals eins gehabt hatte.

„Frau Völske, wie kann ich Ihnen helfen? Emma Straub volontiert bei uns erst seit ein paar Tagen. Unsere Nachwuchstalente schießen manchmal ein bisschen über das Ziel hinaus, also sagen Sie mir, was wir wiedergutmachen können?"

„Emma Straub ist Ihre Volontärin?", fragte ich.

„Ja, sie kam mit dieser Story an, wir haben es nachgeprüft, unseres Wissens gab es keine ungeprüften Behauptungen, also haben wir ihren Artikel nur noch ein bisschen redigiert."

„Finden Sie es fair, einer jungen Unternehmerin ihr gerade neu eröffnetes Geschäft zu ruinieren?", fragte ich. Schließlich hatte ich nichts mehr zu verlieren.

„Frau Völske, wir sind eine Zeitung, nicht die Wirtschaftsförderung."

Was sollte ich darauf sagen. Ich schwieg. Von wegen mit Klage drohen. Ich war eingeschüchtert, nicht der Chefredakteur.

„Frau Straub hat mir versichert, dass sie Sie gefragt hat, ob sie Ihren Kommentar übernehmen darf. Das stimmt doch hoffentlich."

„Hat sie. Aber sie hat mir nicht gesagt, dass es sich bei unseren Räumlichkeiten um ein Haus handelt, in dem fünf Morde verübt wurden. Das haben wir nicht gewusst. Sonst hätten wir die Räume nicht gemietet. Und wenn ich gewusst hätte, dass Emma Straub so unfair ist und mich nicht vorwarnt, in welchem Zusammenhang meine Aussage wiedergegeben wird, hätte ich das nicht genehmigt."

Jetzt schwieg er. „Das Baby ist bereits in den Brunnen gefallen", sagte er.

„Und ertrunken. Wir haben uns die ganze Zeit gewundert, warum wir so wenige Patienten haben, jetzt wissen wir es. Aber die letzten bleiben uns jetzt auch noch fern."

„Das tut mir leid. Ehrlich. So arbeiten wir normalerweise nicht. Immer anständig bleiben, lautet unsere Devise. Doch das muss der Nachwuchs erst mal verinnerlichen."

„Das hilft mir aber leider auch nicht weiter."

„Im Moment kann ich Ihnen auch nicht weiterhelfen", sagte er, und ich meinte, echtes Bedauern in seiner Stimme zu hören. „Wir werden ein bisschen Gras über die Geschichte wachsen lassen müssen, bevor ich Ihnen etwas anbieten kann, was Ihnen vielleicht wieder auf die Beine hilft."

„Und Sie hätten eine Idee, was das wäre?"

„Ich müsste da mal mit unserer Werbeabteilung reden."

„Bitte, tun Sie das“, sagte ich. Um dann ganz ehrlich und aus den Tiefen meiner Magengrube hinzuzufügen: „Bitte helfen Sie mir, ich bin komplett am Ende und weiß nicht weiter.“

„Wie gesagt, lassen Sie Gras drüber wachsen.“

„Mein Geld reicht nicht mal mehr für Unkraut.“

„Sie bekommen einen Anruf. Versprochen.“

„Ich muss mich auf Sie verlassen“, sagte ich. Und dann nahm ich all meinen Mumm zusammen und fügte hinzu: „Meine Freunde haben mir geraten, Ihre Zeitung zu verklagen.“

„Auf Wiederhören, Frau Völske“, sagte er.

Was hatte ich nun erreicht? Nichts, wie ich mir eingestehen musste. Absolut nichts.

Ich ging auf unser Abrechnungsprogramm. Wenn die Krankenkassen pünktlich zahlen würden, könnte ich zumindest die Nettogehälter von Daniel und Florian überweisen. Die Sozialabgaben und die Steuer waren erst zehn Tage später fällig, obwohl mir klar war, dass ich das Geld auch dann nicht haben würde. Konnte man die schieben?

Ich hatte keine Ahnung, was ich tun sollte. Im Moment verbrannte ich täglich Geld, das ich nicht hatte. Ich hatte zu knapp kalkuliert. Und nun?

Ich würde die Mietüberweisungen stoppen. Sollte die Schneidermann doch die Miete einklagen, ich jedenfalls würde für die Bude keinen Pfennig mehr bezahlen. Allerdings würde ich meinen Mietanteil für unsere Wohnung bezahlen müssen, und von irgendetwas musste schließlich auch ich essen. Woher nehmen, wenn nicht stehlen?

Das alles hatte doch überhaupt keinen Zweck mehr, ich musste die Praxis schließen. Vor allem musste ich noch mal mit Florian und Daniel sprechen.

„Du hast doch inzwischen das ganze Equipment, warum mietest du nicht woanders eine Praxis an, das kann doch nicht so schwer sein", schlug Daniel vor.

„Und woher soll ich die Miete und die Kaution nehmen, womit die neuen Prospekte und die Werbung bezahlen?", fragte ich verzweifelt.

„Vielleicht solltest du mal mit meinem Freund Lars sprechen", sagte Daniel. „Der veranstaltet Partys."

„Und was soll uns das jetzt helfen?"

„Lars hat den Artikel in der Zeitung gelesen. Er hat mich angerufen und gefragt, ob er sich diese geile Location mal angucken könnte. Ob die eventuell etwas für seine Dark Partys wäre."

„Was ist das denn?", fragte ich. „Eine Schweinerei?"

„Nee, nicht, was du denkst, keine Sex-Partys. Gothic-Partys. Da treffen sich Leute, die alle in Schwarz gekleidet sind und im Sarg schlafen oder so. Die stehen auf Tod."

„Und dafür braucht dein Freund Räume?"

„Ja, aus der Not eine Tugend machen. Es gibt bestimmt eine Menge Typen, die die Tatsache, dass hier ein paar Menschen ermordet wurden, antörnt."

Ich musste unwillkürlich lächeln. Aus der Not eine Tugend machen. Wieso eigentlich nicht. Wenn man verzweifelt ist, greift man nach jedem Strohhalm.

„Gib ihm meine Handynummer", sagte ich.

Als ich Alex am Abend von Daniels Vorschlag berichtete, fing er lauthals an zu lachen. „Was für eine Idee. Vielleicht kannst du so viel Miete aus der Geschichte rausschlagen, dass ihr euch woanders niederlassen könnt.“

## Zitronenlimonade

Lars rief tatsächlich am nächsten Tag an. Wir verabredeten uns in der Villa nach Geschäftsschluss, ich wollte nicht, dass Daniel dabei war. Meine Geschäfte musste ich allein tätigen.

Ich weiß nicht, was für einen Mann ich erwartet hatte, der Gothic-Partys organisiert. Auf jeden Fall nicht jemanden, der sich so nett und unkompliziert gab wie Lars. Der Mann war keinen Tag älter als ich, trug weiße Sneaker, Jeans und ein blütenweißes Hemd. Seine blonden Haare waren an den Seiten kurz geschnitten, die Haut war leicht gebräunt, so als ob er öfter in der Sonne liegen würde. Er war mir auf Anhieb sympathisch.

Zur Begrüßung fragte ich ihn, was genau er denn brauche.

„Ich bin immer auf der Suche nach abgefahrenen Locations für meine Partys."

„Was für Menschen kommen denn zu deinen Partys?"

„Ich zeige es dir", sagte er und rief eine Webseite auf seinem Tablet auf. Viel war nicht zu sehen. Vor allem Schwarz. „Ist nicht viel anders als bei anderen Partys, nur die Leute sehen anders aus, und die Musik ist gewöhnungsbedürftig. Mehr ist nicht."

„Und wie viele Leute kommen so im Schnitt?"

„Das ist unterschiedlich, je nach Location und Motto. Ich veranstalte jeden Freitag einen Black Friday für meine Stammkunden, da kommen so um die hundert, Samstagabend gibt es die Dark Partys für um die zweihundert, und die ganz große Mucke mache ich einmal pro Monat, dann kommen so fünfhundert bis tausend Leute, aber die veranstalte ich an unterschiedlichen Orten."

„Das ist doch bestimmt laut?"

„Ja. Ist es. Aber hier ist doch nix. Links und rechts ist viel Platz zum Nachbarn. Okay, vielleicht schallt es über den See, muss man sehen. Und eventuell abdichten. Lass uns erst mal die Räume anschauen."

Ich führte Lars die breite, hölzerne Treppe hinauf in das Obergeschoss. Er schaute sich die leeren, noch verwahrlosten Räume an. Er wirkte angetan.

„Und wo genau sind die Morde jetzt passiert?", fragte er.

„Ich habe keine Ahnung, ehrlich nicht, ich habe von den Morden erst durch die Zeitung erfahren."

„Das musst du unbedingt herausfinden. Ein Raum, in dem ein echter Mord passiert ist, wäre mega. Und fünf Mordräume wären geradezu unbezahlbar. Also die Beletage brauche ich natürlich dazu."

„Geht nicht, da habe ich meine Behandlungsräume."

„Da stehen doch nur Liegen drin, die könnte ich auch brauchen." Er grinste.

Was meinte er damit? Ich traute mich nicht zu fragen.

„Und der Keller?", fragte er.

„Gruftig", sagte ich.

„Perfekt."

Ich führte ihn hinab in die Räume, die ich nur einmal betreten hatte. Seit meiner Kindheit gruselte ich mich in Kellern, für mich stanken sie nach Moder, Kohle und Verwesung, sie beherbergten Ratten und Spinnen, waren feucht und schimmelig.

„Wow, wie es hier riecht!" Lars war begeistert. „Wie geil ist das denn!", rief er aus. „Das ist genau das, was ich brauche. Eignet sich perfekt als Gruft, aber wir könnten aus dem großen Raum dort hinten auch eine Leichenhalle machen."

„Wie bitte?", fragte ich und hoffte, mich verhört zu haben.

„Keine echte natürlich, aber in dem Raum könnte man ein oder zwei Särge aufstellen."

„Gibt es wirklich Leute, die auf Leichenhallen stehen?"

„Du würdest dich wundern, Gottes Zoo ist groß", sagte Lars.

Als wir wieder im Erdgeschoss waren, bat er mich, ihm den Garten zu zeigen. Wir gingen durch die ungemähte Wiese hinunter zum See. „Was für eine Szene für eine Fledermausparty", sagte er. „Wie viel willst du haben als Miete? Daniel sagte, ihr braucht dringend Geld."

Der Mann brachte mich in Verlegenheit. Und Daniel hätte ich in diesem Moment am liebsten den Hals umgedreht. So ein Idiot, jetzt wusste der Kerl, dass mir das Wasser bis zur Nasenspitze stand, meine Verhandlungsposition war also nicht die beste. Außerdem hatte ich keine Vorstellung, was man mit solchen Partys verdienen konnte und was die üblichen Preise für solche Räume wären.

„Für eine Veranstaltung? Kommt drauf an, wie viel ich für dich umräumen müsste. Wie viel bietest du mir denn an als Miete?"

„Du musst gar nichts umräumen, ich habe dafür meine Hands. Lass uns ein Probewochenende machen. Wenn meine Gäste es geil finden, machen wir einen richtigen Vertrag."

„Du willst hier zur Probe eine Party veranstalten?" Ich war auf der Hut, der Kerl sollte sich bloß nicht einbilden, dass er die Villa umsonst bekam.

„Ja, probieren geht über studieren. Wir sehen, ob die Gäste es gut finden, und du siehst, ob wir gute Geschäftspartner sind."

„Aber nicht umsonst", sagte ich und kam mir dabei richtig gierig vor.

„Natürlich nicht umsonst. Du müsstest allerdings ab Freitagmittag die Praxis schließen, damit wir um- und einräumen können. Obergeschoss und Keller benötigen wir bereits am Donnerstag, es stört doch nicht, wenn wir hier einräumen, während ihr massiert?"

*Wen sollte es auch stören?*, dachte ich. „Wie viel würdest du mir dafür zahlen?"

„Also wir würden hier zur Probe einen Black Friday machen und eine große Party am Samstag, wenn wir schon mal dabei sind. Wie hören sich viertausend an?"

„Euro?" Ich verschluckte mich fast.

„Nee, Drachmen. Quatsch, natürlich Euro. Unter einer Bedingung: Du musst noch rauskriegen, wer in welchem Raum ermordet wurde."

Ich hatte zwar keine Ahnung, wie ich das anstellen sollte, aber viertausend Euro wären die Rettung für diesen Monat.

## Schlechtes Gewissen

Ich konnte es kaum erwarten, Alex von dem Angebot zu erzählen, ich wollte dringend wissen, was er davon hielt. Auf der einen Seite würde die Miete mich zumindest für ein paar Tage aus meinen aktuellen Schwierigkeiten katapultieren, auf der anderen Seite hatte ich ein schlechtes Gefühl dabei.

Als ich das Alex genauso zu erklären versuchte, nahm er mich in den Arm und sagte: „Und darum liebe ich dich."

Ich hatte keine Ahnung, was er damit meinte. „Wieso, weswegen?"

„Weil du tatsächlich durch und durch moralisch bist."

„Weil ich ein schlechtes Gefühl dabei habe, dass ich ein Haus, in dem Menschen gestorben sind, einer Partygesellschaft überlasse, die sich dort amüsieren?"

„Es gibt kein altes Haus, in dem noch keine Menschen gestorben sind", sagte Alex. „Außerdem wurdest du von der Besitzerin ganz offensichtlich dazu missbraucht, das schlechte Image dieses Hauses durch deinen Betrieb wieder zu normalisieren. Du solltest dazu beitragen, dass die Menschen die alten Geschichten vergessen. Wenn etwas mies ist, dann, dass sie dich nicht gewarnt hat. Und wenn du jetzt das schlechte Image dazu nutzt, deinen Verpflichtungen gegenüber deinen Mitarbeitern und deiner Vermieterin nachzukommen, ist das nur recht und billig."

„Aber es kann doch nicht richtig sein, dass Leute sich an einem Ort amüsieren, an dem fünf Menschen gestorben sind."

„Die veranstalten auch Partys auf Friedhöfen."

„Das ist was anderes", sagte ich. „Das hat so was eklig Voyeuristisches an sich. So wie die Sensationsgeilen, die bei einem Verkehrsunfall rumstehen und die Verletzten angaffen."

„Ach, und all die Menschen, die die unzähligen True-Crime-Serien im Fernsehen anschauen, das sind also alles eklige Voyeure. Und die Millionen Menschen, die Krimis lesen und sich bei schrecklichsten Verbrechen entspannen, je blutiger, desto lieber, die haben alle einen schlechten Charakter?"

So hatte ich das noch gar nicht gesehen.

„Lene, die Morde sind ein halbes Jahrhundert her, der Mörder liegt längst selbst im Sarg. Du hast eine einmalige Chance bekommen, aus der Sache mit einem blauen Auge rauszukommen. Es gibt zwei Möglichkeiten: Entweder du sanierst deine Finanzen und häufst genug Kapital an, um woanders eine Praxis zu eröffnen. Oder deine Vermieterin kündigt dir fristlos, weil solche Partys natürlich genau das Gegenteil von dem sind, was sie mit der Vermietung bezweckt hat. Dann brauchst du ihr keine Miete mehr zu zahlen und bekommst deine Kaution zurück. Du kannst bei der Aktion nur gewinnen. Diesen Lars schickt dir der Himmel."

In der Nacht lag ich trotzdem wach und drehte das Für und Wider hin und her. Ich hatte eine Erziehung mit einem eindeutigen moralischen Kompass genossen, und die Kompassnadel zeigte in die falsche Richtung. Erst als der Morgen dämmerte, fielen mir die Augen zu.

Die Post brachte die Entscheidung. Ich erhielt einen Brief vom Finanzamt. Und die wollten einen Umsatzsteuervorschuss, der höher war als das, was ich den ganzen Monat eingenommen hatte. Zitternd rief ich meine Steuerberaterin an. Die erklärte mir, dass das Finanzamt das dürfe, ich müsse denen nachweisen, dass ich das nicht umsetzen würde. Allerdings würden die sich die Vergleichspraxen im Umfeld ansehen und auf dieser Basis die Vorschüsse berechnen.

„Aber wir können doch nachweisen …?"

„Selbstverständlich sende ich dem Finanzamt gern ein freundliches Schreiben, wenn Sie mir freundlicherweise meine letzten zwei Rechnungen bezahlen würden?"

Oh verdammt, die lagen ja auch noch in meinem Posteingangskorb. Erst kommt das Fressen, dann die Moral, entschied ich und rief Lars an.

„Gut", sagte der, „dann mach dich mal an die Recherche bezüglich der besagten Räume."

## Informationen

Ich hatte keine Ahnung, wie ich in Erfahrung bringen sollte, in welchen Räumen der Horrorvilla ein Mord geschehen war. Im Internet gab es zahlreiche Artikel über die Versteigerung vor mehr als zehn Jahren, aber darin wurde nicht über die Einzelheiten der Mordnacht berichtet. Blieb mir nur Emma Straub. Mir war eingefallen, dass ich von der Frau wahrscheinlich eine Handynummer hatte. Sie hatte meine Aussagen mit ihrem Smartphone aufgenommen, hatte auch die Fotos damit gemacht. In meinem Speicher suchte ich nach Anrufen von dem Tag, an dem sie mich zum ersten Mal kontaktiert hatte. Es gab nur eine mir unbekannte Nummer. *Nur der Versuch macht klug*, sagte ich mir und drückte auf Anrufen.

„Ja“, meldete sich eine junge Stimme. Der Ton ließ auf Emma Straub schließen.

„Lene Völske, die Frau aus dem Mordhaus“, meldete ich mich.

Schweigen. Oha, hatte sie ein schlechtes Gewissen oder einen Einlauf bekommen?

„Hallo, spreche ich mit Emma Straub?“, fragte ich also.

„Was, äh, was kann ich für Sie tun?“, fragte sie. Kleinlaut.

„Woher haben Sie die Informationen über die Geschehnisse von früher in diesem Haus?“

„Wo man eben so recherchiert. Internet, Archiv und so.“

„Was heißt: und so?“

„Ein Kollege. Und dann die Polizei, natürlich.“

„Ich brauche Ihre Hilfe“, sagte ich. Mit der Wahrheit kam man meist am weitesten.

„Sie wollen mich nicht verklagen?“, fragte sie. Sie hatte also einen Einlauf bekommen.

„Ich will genau wissen, was damals hier geschehen ist. Ich habe nämlich nicht gewusst, dass hier mal gemordet wurde.“

„Das war doch allgemein bekannt.“

„Mir nicht, und das muss ich jetzt bitter bezahlen. Ich bin so gut wie pleite, wenn Sie es genau wissen wollen, Ihr Artikel hat mir den Todesstoß versetzt.“

„Das tut mir leid, ehrlich, das wollte ich nicht.“

Ich glaubte ihr, dass sie das nicht gewollt hatte, aber ich argwöhnte, dass ihr die finanziellen Verhältnisse anderer gepflegt am Hintern vorbeigingen. Natürlich sprach ich das nicht aus. Stattdessen sagte ich: „Wenn ich da wieder rauskommen soll, benötige ich alle verfügbaren Informationen darüber, was damals hier geschehen ist. Und ich möchte, dass Sie mir die beschaffen.“

„Das ist alles?“

„Das ist alles. Im Internet recherchieren kann ich selbst, ich benötige alles, was in Ihrem Zeitungsarchiv über das Verbrechen zu finden ist. Alles, jeden Schnipsel“, sagte ich und war verblüfft über die Schärfe, die ich in diese Ansage gelegt hatte.

„Das, das darf ich nicht."

„Seit wann sind Sie so regelbeflissen? Sie durften auch meine alte Aussage nicht in einem neuen Kontext verwenden, nicht wahr?"

Ich hörte, wie Emma Straub schluckte. Dann sagte sie leise: „Okay, ich schicke Ihnen die Ausdrucke zu."

Die Frau wollte auf jeden Fall eine Begegnung mit mir vermeiden. Verständlich, wie ich fand.

Als ich aufgelegt hatte, dachte ich darüber nach, wie schnell eine aussichtslos erscheinende Situation den Charakter eines Menschen ändern kann. Bis vor kurzem wäre ich niemals auf den Gedanken gekommen, jemanden unter Druck zu setzen, mit Anwälten zu drohen oder gar das Leid anderer Menschen zu meinem Vorteil auszunutzen. Aber wenn nicht schnell etwas Geld in die Kasse kam, müsste ich mich bald selbst aus dem Verkehr ziehen.

Alex hatte mir erklärt, worauf ich unbedingt achten musste: „Sozialabgaben musst du pünktlich zahlen, die Krankenkassen schließen dir sofort das Konto."

„Wie, die haben Zugriff auf mein Bankkonto?"

„Ja, und zwar in null Komma nichts", hatte Alex mich gewarnt. „Und da Banken das auch nicht komisch finden, bist du nach so einer Aktion bei denen ganz schnell ‚persona non grata', sprich, die kündigen dir dein Bankkonto."

„Aber ohne Bankkonto kann man doch gar nicht arbeiten", sagte ich entsetzt.

„Das ist der Anfang vom Ende. Das Finanzamt kannst du schieben, die Vorauszahlungen kannst du wegdiskutieren, dazu brauchst du keine Steuerberaterin. Ruf an und jammere. Die werden dir dann sagen, was du tun musst."

„Und wenn ich einfach später zahle?", fragte ich.

„Kannst du machen, würde ich aber nicht empfehlen, die besuchen dich sogar zu Hause. Besser du redest mit denen vorher. Aber zumindest wird deine Steuerschuld nicht in der Schufa eingetragen."

„Also zahle ich erst mal die aufgelaufenen Rechnungen nicht, Steuerberater und so weiter", überlegte ich.

„Steuerberater würde ich bezahlen, wer soll dich raushauen, wenn es Spitz auf Knopf steht? Außerdem werden die die Ersten sein, die dir einen Mahnbescheid schicken."

„Und was passiert mit einem Mahnbescheid?"

„Dem musst du sofort widersprechen, ob er berechtigt ist oder nicht, versprich mir das, sofort widersprechen!"

„Wieso das denn?"

„Weil du sonst nirgendwo mehr einen Pfennig Kredit bekommst", sagte Alex.

„Habe ich auch ohne Mahnbescheid nicht bekommen, jedenfalls nicht bei einer Bank."

„Du wirst bald von Banken Kredite bekommen, wenn es gut läuft, aber du brauchst doch auch privat deine Kreditkarte. Und du hast zum Beispiel ein Handy. Stell dir vor, du möchtest ein neues haben, den Anbieter wechseln oder etwas ähnlich Harmloses. Oder wir wollen umziehen und eine neue Wohnung mieten. Kannst du mit einem Schufa-Eintrag vergessen. Und den bekommst du mit einem Mahnbescheid. Den Schufa-Eintrag kannst du vorläufig abwenden mit einem Einspruch. Aber nicht lange."

„Was du alles weißt“, staunte ich. Mir war nicht klar gewesen, was Alex durch seine Firma alles gelernt hatte. Dass er immer noch um Aufträge kämpfen musste, hatte ich mitbekommen. Ich war erst seit eineinhalb Jahren mit Alex zusammen, vor knapp einem Jahr war ich zu ihm gezogen. Es ging uns zwar nicht schlecht, aber wir waren finanziell noch nicht gerade auf Rosen gebettet. Eins zumindest stand außer Frage: Alex konnte mir bei meinen finanziellen Schwierigkeiten nicht helfen, und das war auch das Letzte, was ich wollte.

„Was meinst du, was mir die Leute erzählen, die sich bei mir bewerben, oder meine ehemaligen Kollegen … Die haben alle mal versucht, sich selbstständig zu machen.“

„Wenn ich das gewusst hätte, hätte ich mich nicht selbstständig gemacht!“

„Du schaffst das. Du bist doch eine Kämpferin!“

„Aber ich kann nicht alle gleichzeitig bezahlen!“ Ich war verzweifelt.

„Du hast doch jetzt eine Chance, dich zu sanieren. Ergreif sie!“

„Tue ich ja. Aber es geht alles nicht so schnell, wie es gehen sollte.“

## Die Suche beginnt

Emma Straub war brav. Sie schickte mir per E-Mail zig Zeitungsausschnitte über die Mordvilla. Beginnend mit der Berichterstattung von 1977, die sich weitestgehend wörtlich in dem Artikel von Emma Straub wiederfand, bis zu der Berichterstattung über die Versteigerung, die die ollen Kamellen wieder aufwärmte. Ich las akribisch alles, was ich finden konnte, allerdings gab es nirgendwo einen Anhaltspunkt, in welchem Raum der Villa was geschehen war, mit Ausnahme des Mordes auf der Toilette.

Und nun? Nun blieb mir nur die Polizei. Emma Straub hatte mir einige Artikel über die Cold-Case-Einheit bei der Berliner Polizei beigelegt, in denen das Haus am Dianasee erwähnt worden war. Peter Markgraf hatte die Ermittlungen geleitet. Das war mein Mann.

Ich recherchierte in den Berlin-Seiten nach einer Kontaktmöglichkeit. War die Cold-Case-Einheit den Mordkommissionen angeschlossen? Wo saßen die denn eigentlich, in welchem Gebäude?

Ich hatte keine Ahnung, Verbrechen interessierten mich nicht mal im Fernsehen. Wenn meine Eltern sonntagabends *Tatort* schauten, hatte ich mich immer in mein

Zimmer verzogen und gelesen: keine Krimis, sondern Fantasy.

Es gab auch nirgendwo eine Angabe, wo diese Cold-Case-Einheit zu finden war. Also rief ich ganz auf doof bei dem im Grunewald zuständigen Polizeirevier in der Rudolstädter Straße an.

„Eine Cold-Case-Einheit? Wat issn ditte? Moment, ich verbinde mal."

Es dauerte eine Weile, bis ich wieder jemanden am Apparat hatte.

„Was kann ich für Sie tun?", fragte mich eine freundliche weibliche Stimme. Ich wiederholte mein Anliegen.

„Ach, Sie meinen die Sondereinheit Altfälle", sagte die Frau. „Die finden Sie im Landeskriminalamt in der Keithstraße." Sie war so nett, mir die Telefonnummer zu geben, die ich umgehend anrief.

Dort meldete sich die Zentrale des LKA 1, die mich mit der zuständigen Sondereinheit verband. Ich hatte keine Ahnung, wie ich das Gespräch beginnen sollte. Als sich wiederum eine Frauenstimme meldete, fiel mir nichts anderes ein, als nach Peter Markgraf zu fragen.

„Der ist im Urlaub."

Verdammt. Und jetzt?

„Worum geht es denn?", fragte die Frau.

„Um mehrere Morde von 1977."

„Sie haben Auskünfte dazu?", fragte sie.

Im Bruchteil einer Sekunde entschloss ich mich zu schwindeln, um an mein Ziel zu kommen.

„Vielleicht. Ihre Einheit hat sich doch vor einigen Jahren mit den ungeklärten Morden in dem Fürsorgeheim am Dianasee befasst."

Sie zögerte, wusste offensichtlich nicht, was sie sagen sollte.

„Das habe ich jedenfalls der Zeitung entnommen", fügte ich hinzu.

„Dann wird das wohl stimmen." Ich spürte das Lächeln in ihrer Stimme.

„Ich habe das Haus vor kurzem gemietet."

„Moment", sagte die Frau, „ich verbinde Sie."

Aha, das war also der Türöffner, dachte ich. Ich hing einige Zeit in der Leitung. Meine Gedanken rasten. Was sollte ich sagen? Wie an die Auskunft kommen, die ich so dringend brauchte?

„Sie sind die Physiotherapeutin", sagte eine männliche Stimme. Alt. Jedenfalls nicht jung.

„Sie lesen Zeitung", stellte ich trocken fest. „Ja, ich bin Lene Völske."

„Holger Schiefelbein", sagte die Stimme, die sich nach zwei Schachteln Marlboro und drei Scotch pro Tag anhörte. „Sie haben auf alle Fälle Mut."

„Nicht Mut, Dummheit. Ich habe bei Abschluss des Mietvertrags nicht gewusst, dass in dem Haus so viele Morde geschehen sind."

„Aua", sagte Holger Schiefelbein. „Und jetzt wollen Sie es ganz genau wissen, schätze ich."

„Ja", gab ich kleinlaut zu.

„Wie kommen Sie darauf, bei uns anzurufen? Haben Sie etwas Relevantes für uns gefunden?"

„Wegen des Zeitungsberichts letzten Sonntag“, sagte ich. „Da stand, dass vor einiger Zeit der Fall neu aufgerollt wurde.“

„Leider ohne Ergebnis“, sagte er. Er schien zu überlegen.

Also nahm ich all meinen Mut zusammen und sagte geradeheraus, was ich wollte: „Ich würde gern Einsicht in die Ermittlungsakte nehmen.“

„So viel Zeit haben Sie nicht“, sagte er lachend. „Das ist nicht nur eine Akte, das sind zig Kilo Ermittlungsakten.“

Ich sah meine Felle davonschwimmen. Aber dann hatte ich eine Idee: „Sie haben den Täter nie gefunden. Ich würde gern wissen, ob es einen Tatverdächtigen gab. Es ist doch bestimmt nicht abwegig, dass so ein Täter an den Tatort zurückkehrt. Vielleicht mischt er sich unter meine Patienten. Wäre ja nicht schlecht, wenn ich Augen und Ohren offenhielte.“

Ich meinte zu hören, wie er nachdachte. Nach einer Weile sagte er: „Wir sind so vielen Spuren nachgegangen, die alle ins Leere führten, es ist ja nicht einmal sicher, dass der Täter heute noch lebt. Laut unserer einzigen Zeugin soll der Täter damals irgendwas um die zwanzig Jahre alt gewesen sein, er ist jetzt auf jeden Fall über sechzig, eher siebzig.“

„Genau das Alter, in dem die meisten meiner Patienten sind“, sagte ich.

„Was Sie sagen, ist gar nicht so abwegig. Wenn der Täter noch lebt, wäre es durchaus möglich, dass er ab und zu an den Tatort zurückkehrt. Es kann nichts schaden, wenn Sie aufmerksam sind.“

„Aber ich würde im Gegenzug gern wissen, was genau wann und wo passiert ist. Sie haben doch Zeugenaussagen, die Beschreibung von dem überlebenden Mädchen, das er vergewaltigt hat."

„Deal", sagte er. „Kommen Sie vorbei, ich werde Ihnen Akteneinsicht geben und Ihre Fragen beantworten, so gut es eben geht. Der Fall ist sehr alt, es ist der älteste ungeklärte Massenmord Berlins."

„Danke", sagte ich und konnte mein Glück kaum fassen.

Wir verabredeten uns für den nächsten Vormittag, er lud mich ein, in die Keithstraße zu kommen.

## Sondereinheit Altfälle

Ich war so aufgeregt in der Nacht, dass ich kaum Schlaf fand. Am Abend vorher hatte Lars angerufen und Dampf gemacht. „Hast du schon was für mich? Ich würde gern in vier Wochen starten."

Ich erzählte ihm, dass ich einen Termin bei der Sondereinheit für Altfälle hatte. Das fand er „cool" und bat mich, ihn danach sofort anzurufen. „Sobald du was Konkretes in Erfahrung gebracht hast, können wir einen Vertrag machen." *Und mir einen Vorschuss geben*, dachte ich hoffnungsfroh.

Am Morgen fuhr ich zum Landeskriminalamt in der Keithstraße. Das helle Sandsteingebäude sah überhaupt nicht furchteinflößend aus, trotzdem schlug mir das Herz bis zum Hals. Ich kam mir vor wie eine Schwindlerin, auch wenn Alex versucht hatte, mein aufkeimendes schlechtes Gewissen zu beruhigen. Ich meldete mich am Empfang, wo ich meinen Ausweis zeigen musste und man mich bat, zu warten.

Nach ein paar Minuten, die sich für mich wie Stunden dehnten, kam endlich ein älterer Mann die Treppe herunter.

„Frau Völske?“

Als ich nickte, reichte er mir die Hand. Es war Holger Schiefelbein. Ich weiß nicht, was ich mir vorgestellt hatte, Holger Schiefelbein sah so harmlos aus wie ein Postangestellter, wenn man von seinem weißblonden Dreitagebart absah. Er trug sandfarbene Hosen und ein kariertes, kurzärmeliges Hemd, am Handgelenk prangte eine Uhr, die so schwer wirkte, als ob er sie auf einem Handwagen hinter sich herziehen müsste.

„Folgen Sie mir doch einfach unauffällig“, sagte er lächelnd. Der Mann war mir nicht unsympathisch, ich schätzte ihn auf Anfang sechzig. Dafür war er erstaunlich fit, ich hatte Mühe, beim Bewältigen der Treppen mit ihm Schritt zu halten. Er führte mich quer durch einige Büros in einen Raum, in dem ein großer Tisch und mehrere Stühle standen.

„Käffchen?“, fragte er. Das Wort hatte ich so zuletzt von meinem Großvater gehört. Okay, dachte ich, er könnte ja auch mein Großvater sein.

Als ich nickte, verschwand er kurz und ließ mich in dem seelenlosen Raum allein. Hier drin stand nichts, was meine Aufmerksamkeit auf sich gezogen hätte, die cremefarbenen Wände waren ebenso schmucklos wie die zweckmäßigen Möbel.

Als er wiederkam, brachte er mir nicht nur einen Pott mit Kaffee mit, sondern auch einen Plastikschuber mit Unterlagen.

„Und Ihre Vermieterin hat Ihnen nicht gesagt, was in dem Haus vor über vierzig Jahren geschehen ist?“, fragte er, nachdem er mir den Pott vor die Nase gestellt und sich gesetzt hatte.

„Nein, ich bin aus allen Wolken gefallen, als ich den Artikel gelesen habe. Ehrlich gesagt lese ich sonst keine Zeitungen, ich informiere mich im Internet."

„Klar, außerdem sind Sie ja auch noch sehr jung", sagte er, milde lächelnd, wie mir schien.

„Ich habe einen Fünfjahresvertrag abgeschlossen, das heißt, ich komme da, wenn überhaupt, nur mit Anwalt raus. Also muss ich mir jetzt was einfallen lassen."

Er nickte wieder und nahm einen Ordner aus dem Plastikschuber. „Ich habe Ihnen hier mal einige Originalberichte zusammengestellt. Es ist ein wirklich grausiges Verbrechen. Ich hoffe, Sie sind nicht allzu zart besaitet."

„Es stand ja schon in der Zeitung, was passiert ist."

„Es lesen und Bilder sehen sind zweierlei", sagte er. „Wir haben uns bei diesem Fall nicht gerade mit Ruhm bekleckert."

„Wieso, was ist schiefgelaufen?"

„1977 ist wohl niemand auf die Idee gekommen, dass wir einige Jahre später andere technische Möglichkeiten haben würden, die Spuren auszuwerten. Dass zum Beispiel die Bettlaken der Opfer aus seuchenhygienischen Gründen vernichtet wurden, ist ja vielleicht noch zu verstehen. Aber der Täter hat an und für sich alles darangesetzt, gefunden zu werden. Er hat zum Beispiel Zigarettenstummel im Nachbarhaus hinterlassen. All die Spuren, die gesichert wurden, sind in der Asservatenkammer verwahrt worden. Aber dort sind sie nicht mehr, und es ist absolut nicht nachzuvollziehen, wann all das Material, das gesichert wurde und von dem man in den Akten lesen kann, verschwunden ist. Das bisschen, das noch vorhanden ist, ist unbrauchbar, aus Altersgründen oder aus was weiß ich für Gründen."

„Das ist wirklich merkwürdig. Wieso haben Sie den Fall eigentlich noch mal aufgerollt?"

„Wir nehmen uns routinemäßig in unregelmäßigen Abständen unaufgeklärte Mordfälle vor, aber an diesem Fall ist alles merkwürdig", sagte Holger Schiefelbein, der, wie ich inzwischen erfahren hatte, Hauptkommissar war. „Wir haben natürlich unsere alten Kollegen befragt, die damals den Fall bearbeitet haben. Wenn Sie möchten, dann lesen Sie den ersten Bericht, der von der damaligen Mordkommission verfasst wurde." Er zog eine durchsichtige Dokumentenmappe aus dem Schuber und legte sie auf den Tisch.

„Darf ich das mitnehmen?"

„Nein, natürlich nicht, aber Sie können sich das hier durchlesen. Michael Schwedt von der dritten Mordkommission war der erste Kommissar am Tatort, Jahre später wurde er Leiter der Dritten. Sie haben jahrelang an diesem Fall gearbeitet, Tausende Spuren, Hinweise, Ideen wurden abgearbeitet, alle führten ins Nichts. Als Michael Schwedt vor sechs Jahren in Rente ging, hat er uns den Fall ans Herz gelegt. Es war der Fall seines Lebens, und ich bin sicher, dass er noch heute darüber grübelt, warum wir den Täter nicht finden konnten."

„Was würden Sie sagen, warum Sie den Täter nicht finden konnten?"

„Ein Mord, bei dem die Opfer keine persönliche Beziehung zum Täter haben, ist an sich schon ein Albtraum für Ermittler", sagte Schiefelbein.

„Ist es denn sicher, dass es keine persönliche Beziehung zum Täter gab?"

„Wir haben natürlich untersucht, ob es irgendeine persönliche Verbindung gegeben haben könnte, die diese Morde erklären würde, die uns ein Motiv liefern könnten, aber auch diese Ermittlungen führten ins Leere."

„Sie haben also kein Motiv gefunden?"

„Keines, außer Mordlust. Natürlich haben wir vor einigen Jahren einen Fallanalytiker hinzugezogen. Sie wissen schon, neudeutsch Profiler."

Ich nickte.

„Dass es keine persönliche Verbindung gab, war nur ein Punkt. Dass es kein Motiv gab, ein anderer. Aber auch das Profil, das man aus den Morden von dem Täter hätte gewinnen können, blieb diffus. Unser Fallanalytiker Professor Dr. Clemens Hochberger hat weltweit Kollegen einbezogen, alles ohne Erfolg."

„Was meinen Sie mit diffus?"

„Normalerweise haben selbst Täter, die aus Mordlust töten, sexuelle Präferenzen. Der Mann hat eine mittelalte Frau, zwei kleine Jungen, einen jungen Mann und eine Jugendliche ermordet und ein Mädchen vergewaltigt. Das ergibt überhaupt keinen Sinn. Wir haben weltweit geforscht, es gab nur einen einzigen Serienmörder in den letzten vierzig Jahren, der ebenso querbeet gemordet hat, und dessen Leben wurde 2014 im Todestrakt in Oklahoma mit der Giftspritze beendet. Allerdings war dieser Mann nachweislich niemals in Deutschland gewesen."

„Können Sie mir sagen, in welchen Räumen die Morde passierten?", ging ich gezielt auf mein Anliegen los.

„Natürlich. Das finden Sie bereits in dem ersten Bericht vom Tatort, dort gibt es eine handschriftliche Zeichnung und natürlich Fotos von den Räumlichkeiten."

„Darf ich die Zeichnung fotografieren?"

Er dachte kurz nach. „Okay, wenn ich es richtig verstehe, damit Sie sich in dem Haus orientieren können. Tun Sie das. Aber bitte keine Akten mitnehmen."

Ich versprach es, und Hauptkommissar Schiefelbein ließ mich mit den von ihm ausgewählten Akten allein. Auf Anhieb sah ich, dass er mir keine Fotos von den Leichen herausgesucht hatte, dafür gab es Fotos von den Opfern, als sie noch lebten. Und es gab Fotos von den Räumen, in denen die Morde geschehen waren.

Allein der Anblick dieser Räume schnürte mir die Luft ab. Da, wo ich jetzt meine Praxisräume hatte, waren die Erzieherin und die kleinen Jungs umgebracht worden. Der junge Mann und die beiden Mädchen waren im Obergeschoss ermordet worden.

Ich machte schnell mehrere Fotos von dem handgezeichneten Lageplan. Dann las ich die Berichte. Der erste Bericht war am Tag der Morde verfasst worden. Ich wunderte mich über die schlechte Orthografie von Kommissar Michael Schwedt. Der Bericht war auf einer Schreibmaschine geschrieben, bei der das a ein wenig höher gestellt und das e nur noch halb vorhanden waren. Selbst durch das schreckliche Beamtendeutsch schimmerte die Betroffenheit des Kommissars. Die Tötung von Kindern erschütterte offenbar selbst hartgesottene Mordermittler. Ich notierte mir die Namen der Opfer und ihr Alter.

Was mich auch noch interessierte, war der Bericht der Spurensicherung. Man hatte zwar keine Fingerabdrücke, dafür aber mehrere sehr gute Schuhabdrücke gefunden, sowohl im Haus – der Täter war in Blut getreten – als auch im Garten und draußen auf der Straße. In der Nacht waren fünf Zentimeter Neuschnee gefallen. Dass der Täter in derselben Nacht in der Nachbarvilla eingebrochen war, wurde in dem ersten Bericht von Michael Schwedt nicht erwähnt, offensichtlich waren die Spuren vom Nachbarhaus in unsere Villa zugeschneit gewesen. Das haben sie erst in einem späteren Bericht erfasst. Dafür waren Haare, Nacht- und Bettwäsche aus dieser Nacht im Heim sichergestellt worden.

Der Täter war durch ein Fenster der Beletage im Seitenbereich der Villa eingestiegen. Durch die Fenster im Souterrain hätte er nicht einsteigen können, denn diese waren vergittert.

Das, so hatte mir Frau Schneidermann verraten, war der Unterschied zwischen einem Landhaus und einer Villa. In einer Villa war das Hochparterre die wichtigste Etage, man schaute von oben auf den Garten, darunter gab es das Souterrain, in dem die Bediensteten lebten und arbeiteten. Das ein wenig später in Mode gekommene Landhaus war nach englischem Vorbild ebenerdig zum Garten hin ausgerichtet.

Auf dem Strauch vor dem Fenster waren Stofffetzen gefunden worden, wobei nicht sicher war, ob diese vom Täter stammten.

Bereits im zweiten Bericht war zu lesen gewesen, dass man Spürhunde eingesetzt hatte, die allerdings am S-Bahnhof Grunewald beziehungsweise in der S-Bahn die Spur des Täters verloren hatten. Auf dem Weg zum Bahnhof hatte der Täter sich die Schuhe im Schnee gesäubert, wahrscheinlich auch die Hände.

Durch die Spürhunde war aber klar geworden, dass der Täter sich vor den Morden im Nachbarhaus aufgehalten hatte. Bis der umgehend informierte Besitzer des Landhauses jedoch wieder in Berlin war, vergingen ein paar Tage. Der Besitzer stellte fest, dass der Täter in seinem Haus zwei Filterzigaretten der Marke Peter Stuyvesant geraucht und einen Single Malt Whiskey getrunken hatte. Darüber hinaus hatte der Täter einen Brieföffner, die vermutliche Tatwaffe, mitgehen lassen. Auch die beiden Zigarettenstummel und das Glas waren sichergestellt worden.

Was nicht gefunden wurde, waren Fingerabdrücke, der Täter muss wohl die ganze Zeit Handschuhe getragen haben. Allerdings blieben diese ebenfalls verschwunden.

Genauso hatte es bereits in der Zeitung gestanden, ich blätterte durch die Akten in der Hoffnung, weitere Ermittlungsergebnisse zu finden.

Die Spurensicherung hatte nichts Verwertbares gefunden, was zu dem Täter hätte führen können. Dank den sichergestellten Spuren konnten die Kriminaltechniker zumindest herausfinden, dass es sich um einen Täter mit der Blutgruppe A+ handelte. Was nicht sehr hilfreich war, denn diese Blutgruppe hatte der Täter mit siebenunddreißig Prozent der Bevölkerung gemein.

Dennoch waren die sichergestellten Asservate nicht sofort vernichtet, sondern sorgfältig etikettiert und aufbewahrt worden.

Die Polizei setzte auf Zeugenaussagen. Es gab Aufrufe in den Zeitungen, dass sich Menschen melden sollten, die am Morgen des 19. Januar etwas Auffälliges gesehen hatten.

Die einzige überlebende Zeugin aus dem Heim, die fünfzehnjährige Ulrike Bender, die der Mann in jener Nacht vergewaltigt hatte, beschrieb den Täter wie folgt: mittelgroß, kräftige Statur, aber nicht dick, zwanzig bis fünfundzwanzig Jahre alt. Er trug eine schwarze Strickmütze und einen Mantel mit einem Pfeffer-und-Salz-Stoffmuster – wie man es damals offensichtlich nannte. Darunter konnte ich mir nichts vorstellen, wahrscheinlich so etwas wie schwarz-weiß meliert.

Dem Tatablauf zufolge musste der Täter mit Blut besudelt gewesen sein. Der Mann hatte dunkle Augenbrauen und sprach laut Ulrike Bender akzentfrei Hochdeutsch. Den Fußspuren zu Folge hatte der Mann Schuhgröße 46, man hatte ein Gewicht von circa 87 Kilogramm daraus geschlossen. Die Polizei hatte nach der Aussage von Ulrike Bender ein Phantombild angefertigt, das in allen Tageszeitungen abgedruckt und in der Berliner *Abendschau* gezeigt worden war. Die Zeichnung traf auf mindestens zehn Prozent der Berliner Männer zu, die eine Mütze trugen.

Aber es gab tatsächlich unzählige Anrufe von Menschen,

die meinten, den blutbesudelten Täter an jenem Morgen gesehen zu haben. Die einen hatten ihn in Frohnau gesehen, andere in Spandau, zwei meinten ihn im Durchgang zum Bahnsteig Grunewald entdeckt zu haben, einer war sich sicher, den Mann in Charlottenburg erkannt zu haben. Eine Frau behauptete, dass es sich um ihren Nachbarn in Friedenau handelte, eine andere wies auf ihren Schwager in Staaken hin. Wenn ich das richtig verstand, dann war die Mordkommission durch die Zeugen einmal quer durch West-Berlin gejagt worden, allerdings ohne dem wahren Täter auf die Spur zu kommen.

Die dritte Mordkommission blieb lange dran an dem Fall, zwei Jahre nach den Morden erschien Michael Schwedt sogar in *Aktenzeichen XY … ungelöst* und bat die Zuschauer um Mithilfe. 1987 wurde erneute in *Aktenzeichen XY … ungelöst* nach dem Täter gefahndet, in der Hoffnung, dass der Mann sich inzwischen vielleicht jemandem anvertraut hatte. Alles vergeblich.

In dem Schuber waren auch Berichte der Sondereinheit Altfälle. Vor drei Jahren hatte sich die Sondereinheit den Fall erneut vorgenommen. Die Ermittler hatten laut Akten in der Asservatenkammer des LKA nur den Stofffetzen, der eventuell vom Täter stammte, schwarze Wollflusen, die offensichtlich von seiner Mütze abgerubbelt worden waren, und die in Gips gegossenen Schuhabdrücke gefunden.

Die Betttücher und die Nachtwäsche der Opfer waren, wie Schiefelbein bereits gesagt hatte, aus seuchenhygienischen Gründen entsorgt worden, was in den Akten säuberlichst vermerkt worden war.

Was fehlte, waren die Zigarettenkippen und das Glas, aus dem der Täter den Malt Whiskey getrunken hatte. Aus den Akten war nicht ersichtlich, wie und wann diese Objekte aus der Asservatenkammer entfernt worden waren. Damit war jede Hoffnung auf eine Aufklärung des Falles mit den modernen Methoden der Genanalyse verloren.

Auch die Begutachtung der alten Fallakten, die nachträgliche Bewertung der Zeugenaussagen konnte kein Licht in das Dunkel um die Morde im Haus der zwanzig Kinder bringen, wie das Fürsorgeheim offensichtlich hier intern genannt wurde.

Der Fallanalytiker Professor Dr. Clemens Hochberger hatte ein ziemlich dickes Pamphlet verfasst, das ich nur überflog. Der Mann schien ein Meister in der Kunst, mit vielen Worten und noch mehr Fremdwörtern gar nichts zu sagen. Clemens Hochberger war zu dem Schluss gekommen, dass der Täter kein Motiv hatte und nicht geplant, sondern spontan, zunächst sozusagen zufällig, vielleicht sogar aus Neugier getötet hatte. Er hatte Überlegungen angestellt, dass der Täter eventuell unter dem Einfluss von Drogen gestanden haben könnte, was er vor allem aus dem Einbruch in das Landhaus ableitete. Es ergab keinen Sinn, in ein Haus einzubrechen und nur zufällig gefundene Gegenstände zu stehlen. Auch die zum Teil verwendete Mordwaffe war ein Zufallsfund, was gegen eine geplante Mordserie sprach.

Anfangs hatte der Täter nur seine Hände benutzt, um die Frau und den ersten kleinen Jungen mundtot zu machen. Hochberger ging davon aus, dass der Dolch spontan als Waffe eingesetzt worden war, denn sein letztes Opfer hatte der Mann wieder erwürgt.

Da in den inzwischen angelegten Datenbanken europaweit nicht ein einziger Fall bekannt geworden war, der auch nur entfernt der Gräueltat im „Haus der zwanzig Kinder“ ähnelte, und es auch in Deutschland danach nie wieder eine solche Mordserie mit wechselnden Geschlechtern als Opfer gegeben hatte, ging der Fallanalytiker davon aus, dass der Täter entweder verstorben, in einer Psychiatrie oder ausgewandert war. Allerdings hatte auch keiner seiner Kollegen in aller Welt, mit denen Clemens Hochberger gut vernetzt war, jemals von einem solchen Fall gehört. Dass ein Täter nach einer solchen Blutnacht einfach aufhörte und ein ganz normales Leben führte, war nach Hochbergers Einschätzung fast undenkbar, „es sei denn, der Mann hat seine Taten bereut und ist Priester geworden“.

Sie wussten also nichts. Außer, dass in „meiner“ Villa fünf Menschen bestialisch ermordet worden waren.

Ich fotografierte die Berichte, in denen die Namen der Polizisten und der Opfer zu finden waren.

Mich interessierten die Opfer. Da war zum einen die einundfünfzigjährige Erzieherin Luise Tegge. Auf dem angehefteten Foto sah ich eine Frau, die aussah wie heutzutage eine Siebzigjährige. Sie trug ihre dunkelblond gewellten Haare kurz geschnitten, vielleicht war es aber auch eine Dauerwelle, wie sie meine Oma bis vor zehn Jahren noch getragen hat. Sie hatte dicke, hellere Strähnen im Haar, was nach einem schlechten Friseur aussah. Ihr viel zu kleiner Mund gab ihr ein etwas rechthaberisches Aussehen. Sie lächelte auf dem Foto mit geschlossenen Lippen, ihre Augen lächelten nicht mit. Auch die tiefen Falten rechts und links von ihrem Mund erzählten von einem harten, wenig freudvollen Leben.

Luise Tegge war geschieden und Mutter einer erwachsenen Tochter. Sie hatte ihren Dienst mit der zweiunddreißigjährigen Britta Berger getauscht, die für diesen Nachtdienst eingeteilt gewesen war. Die Ermittlungen ergaben, dass das Verbrechen in keinem Zusammenhang mit Britta Berger stehen konnte, und auch in Luise Tegges Umkreis gab es niemanden, der einen Vorteil aus dem Tod der Erzieherin ziehen konnte oder der Frau den Tod gewünscht hatte.

Richtig ans Herz gingen mir die beiden kleinen Jungen, der zehnjährige Burghard Meyer und der elfjährige Thomas Wieland. Burghard war ein pfiffig aussehender Junge mit mittelblonden halblangen Haaren. Er war seiner alkoholkranken, alleinerziehenden Mutter weggenommen worden, während Thomas von seinem Vater ins Fürsorgeheim gesteckt worden war, weil er „ungehorsam und aufsässig" gewesen sein soll. Thomas hatte kurzgeschorene dunkle Haare, er sah auf dem Foto aus, als ob der Vater ihn in eine Kadettenanstalt schicken wollte. Vielleicht hatte der Junge aber auch Läuse gehabt, überlegte ich, und man hatte ihm deshalb den Schädel geschoren.

Der siebzehnjährige Uwe Zehnert war ins Fürsorgeheim eingewiesen worden, nachdem er im Alter von fünfzehn Jahren am Hauptbahnhof Zoo in der Jebenstraße auf dem Männerstrich erwischt worden war. Das Foto zeigte einen Jugendlichen mit fettigen, längeren dunklen Haaren und einem Gesichtsausdruck, den ich verschlagen nennen würde.

Ich fragte mich, wie es zu einer so merkwürdigen Mischung von Kindern und Jugendlichen in diesem Haus gekommen war. Was sollte aus kleinen Jungen wie Thomas und Burghard werden, wenn sie so früh mit einem Stricher wie Uwe in Kontakt kamen? Unter Fürsorge verstanden die damals wohl nur Erziehungsheim.

Die sechzehnjährige Gabriele Leune war ihren Eltern weggenommen worden, weil sowohl ihr Vater als auch ihre Mutter drogenabhängig waren. Auf dem Foto blickte ein dunkelhaariges Mädchen gelangweilt durch einen viel zu langen Pony, die Augen schwarz geschminkt, die Lippen knallrot, das Mädchen war auf dem Foto zurechtgemacht wie eine Straßendirne. Ihre Augen sahen tot aus, wie ich fand.

Die fünfzehnjährige Ulrike Bender war ins Fürsorgeheim gekommen, nachdem ihre Mutter ihren Vater wegen des fortgesetzten Missbrauchs ihrer Tochter angezeigt hatte. Ulrike war mit dreizehn Jahren von zu Hause abgehauen und hatte eine Zeit lang auf der Straße gelebt, bevor das Jugendamt sie gefunden hat. Sie hatte auf dem Foto wunderschöne lange, blonde Haare, die ein ebenmäßiges, aber verschlossen wirkendes Gesicht umrahmten, im Arm hielt sie einen großen Teddybären mit abgeschabtem Fell.

Was für dramatische Schicksale, was für unglaubliche Leidensgeschichten, die armen Kinder – es tat mir in der Seele weh. Und alles, was ich über frühere Heimerziehung gelesen hatte, trug nicht zu meinem Vertrauen bei, dass die Kinder, selbst ohne die Morde, in dem städtischen Fürsorgeheim gut aufgehoben gewesen waren.

Ich notierte mir die Namen aller Heiminsassen, die bereits in dem ersten Bericht genannt worden waren. Vielleicht konnte ich einen Menschen auftreiben, der mir von den Zuständen erzählen konnte, die damals in dem Heim herrschten. Am liebsten hätte ich natürlich mit Ulrike Bender gesprochen.

Dann verstaute ich die Akten wieder in dem Plastikschuber, den Holger Schiefelbein mir auf den Tisch gestellt hatte, und verließ den Raum, der wahrscheinlich als Raum für die Verhöre von Verdächtigen diente. Schiefelbein hatte mir gesagt, ich solle der Schreibkraft, die direkt hinter dem Raum saß, den Ordner wiedergeben, bevor ich das Kommissariat verließ. Beim Herausgehen passte mich Holger Schiefelbein ab. „Wenn sich jemand bei Ihnen meldet, weil er oder sie unbedingt die Villa ansehen will, oder jemand von Ihren Patienten Ihnen verdächtig vorkommt, dann zögern Sie bitte nicht, uns anzurufen", sagte er.

Ich versprach es und fuhr nach Hause. Mit all dem, was ich soeben gelesen hatte, konnte ich unmöglich sofort in die Villa zurückkehren. Die Opfer waren jetzt nicht länger anonym, sondern hatten Gesichter und Biografien. Ich war mir sicher, dass sie in dem Haus weiterlebten.

## Tausendundeine Nacht

Er schaute sich um in dem Raum. Die schmale Pritsche, auf der er lag, war mit einem hellgrünen Frotteelaken bezogen. An der Wand hing ein Bild mit einem quietschgrünen Apfel. Dass diese Weiber immer so einen Farbtick haben mussten. Er konnte sich an den Raum von damals erinnern, so, als ob es gestern gewesen wäre. Schließlich hatte er schon tausendmal diesen Raum betreten, tausendundeine Nacht hatte er dieses Zimmer besucht.

Er meinte noch, das leise Weinen des Kindes zu hören, es war dieses Geräusch, das ihn magisch angezogen hatte. Er war in Richtung dieses Wimmerns geschlichen, ganz bis zum Ende des Flurs. Er wollte das Kind trösten, es in die Arme nehmen, beschützen, er wollte, dass es aufhörte zu weinen. Als er leise die Tür öffnete, sah er im Mondlicht, wie ein blonder Schopf schnell unter der Decke verschwand. Der kleine Junge schien völlig verängstigt.

„Warum weinst du denn?“, fragte er, als er ans Bett trat. „Du musst doch nicht weinen, es ist alles gut“, flüsterte er und setzte sich zu dem Kind. Das Bett stand an der Wand, an der jetzt ein Spiegel hing und ein paar alberne grüne Haken in Form von Apfelbäumen, an die er jetzt seine Kleidung gehängt hatte.

„Wie geht es Ihnen denn heute?", fragte ihn der „Ich bin der Florian" mit der unerträglich falschen Fröhlichkeit einer Intensivschwester, als er in die Kabine trat.

Er brummte: „Geht so", und drehte den Kopf auf die andere Seite des Raumes. Auch dort hatte damals ein Bett gestanden. Wenn der kleine Kerl in dem Bett gegenüber nicht aufgewacht wäre, dann wäre alles ganz anders gekommen. Warum nur war er aufgewacht, das hatte er sich schon so viele Male gefragt, warum nur, warum. Es war dieser Moment gewesen, der alles geändert hatte, sein Leben und das der Kinder.

Er war doch so leise gewesen, und er hatte wirklich nichts anderes gewollt, als den kleinen Jungen zu trösten. Doch der Kleine von gegenüber wollte schreien, und das hatte den Ausschlag gegeben. Sie könnten heute noch leben, alle könnten heute noch leben.

Es war ihm nichts anderes übriggeblieben, als den Jungen davon abzuhalten zu schreien. Wie dünn und zart sein Hals gewesen war, er hätte ihn mit einer Hand erwürgen können.

„Aua", rief er.

„Entspannen Sie sich, Sie sind ja völlig verkrampft", sagte Florian.

„Leichter gesagt als getan", nuschelte er und dachte: *Wenn du wüsstest, Bürschchen*. Es waren diese riesigen Augen, mit denen der Junge ihn angestarrt hatte, die ihn verfolgten, auch in den Nächten, in denen er nicht durch dieses Haus wanderte. Der Junge hatte kaum einen Laut von sich gegeben, es war so leicht gewesen, das Leben aus diesem zarten Hals zu pressen.

Er bäumte sich auf.

„Schön liegen bleiben“, befahl der Physiotherapeut.

„Nein“, sagte er. „Ich kann nicht mehr auf dem Bauch liegen!“ Er war aufgesprungen. „Das reicht für heute!“

Florian war völlig verdattert. „Habe ich Ihnen wehgetan?“

„Nein, nein, alles okay, ich will nur nicht mehr auf dem Bauch liegen.“

„Dann drehen Sie sich auf den Rücken“, sagte er gleichmütig.

Er tat es und schloss die Augen.

Er hatte sich instinktiv aufgerichtet, als er daran dachte, wie der kleine Junge, der eben noch so herzzerreißend geweint hatte, ihn todesmutig von hinten angegriffen hatte. Er hatte versucht, dieses Leichtgewicht abzuschütteln. Es war ihm nicht gelungen, das Kerlchen hatte sich an ihm festgekrallt und wollte nicht loslassen. Wenn er doch bloß nicht geschrien hätte! Ohne nachzudenken, hatte er in seine Manteltasche gefasst und den Dolch herausgezogen.

Er hatte zugestochen. Nicht einmal, sondern zweimal, dreimal, er konnte gar nicht mehr aufhören, den Dolch in das junge Fleisch zu treiben, die Schneide drang durch den Schlafanzug des Jungen in seinen Bauch. *Wie in Butter*, hatte er gedacht, und noch einmal zugestochen. Der Kleine war längst tot, das sah er an seinen starren Augen.

Er hob das blutüberströmte Kind hoch und trug es in sein Bett. Dann sah er nach dem anderen Jungen, aber auch der atmete nicht mehr. Er legte den Jungen, der sicher nicht älter als zwölf Jahre war, gerade hin, deckte ihn ordentlich zu und schloss ihm die Augen. *Schlaf gut, Kleiner*, sagte er und drückte ihm einen Kuss auf die Stirn.

Er öffnete die Augen. Das Waschbecken war immer noch da. Ein neueres Modell, natürlich. Er erinnerte sich, wie er sich an diesem Waschbecken die Hände gewaschen und den Dolch abgespült hatte.

Bevor er das Zimmer verließ, hatte er sich noch einmal umgedreht. Im Strahl seiner Taschenlampe hatte sich eine grausige Szenerie offenbart. Der Boden war blutbedeckt, der kleine Körper des Jungen, dem er zuerst die Luft abgedreht hatte, lag mit seltsam verdrehten Beinen auf dem Boden. Er erinnerte ihn an eine dieser Schlenkerpuppen, mit denen seine Schwester als Kind gespielt hatte. Nein, er würde den Kleinen nicht zurück in sein Bett legen, er war schließlich selbst schuld, er hatte ihn angegriffen.

Florian zog an seinem Kopf.

Er starrte blicklos an die Decke mit den eingelassenen Strahlern, von der dieses Monstrum von Infrarot-Wärmelampe herabhing. Er hatte den Teufel gesehen. Den Teufel.

## Da waren es nur noch zwei

Nachdem ich in einen flachen, tränenreichen Schlaf gefallen war, in dem mich die Kinder zu rufen schienen, raffte ich mich auf, in die Villa zurückzukehren. Florian kam gerade aus dem Behandlungsraum, in dem vor über vierzig Jahren zwei kleine Jungs grausam niedergemetzelt worden waren. Ich sagte es ihm. Genau so.

Er schmiss sein Handtuch in die Ecke und sagte: „Sorry, aber das ist mir jetzt too much!"

Ohne sich umzusehen, strebte er Richtung Ausgang zu.

„Hey, was soll das jetzt heißen?", rief ich ihm hinterher.

Er drehte sich kurz an der Tür um und sagte: „Du hast ein Gemüt wie ein Fleischerhund! Mach's gut, ich kann hier nicht arbeiten."

Was sollte ich darauf sagen? Konnte ich denn hier noch arbeiten?

„Mach's gut", rief ich ihm hinterher. Was anderes fiel mir nicht ein.

Deprimiert ging ich in unsere kleine Küche und goss mir einen grünen Tee ein. Auf der einen Seite war ich froh, einen Lohnempfänger von meiner Ausgabenliste streichen zu können. Aber natürlich musste ich ihm das Gehalt für den angefangenen Monat zahlen, und nicht mal das hatte ich. Im Moment jedenfalls nicht. Ich musste Lars anrufen, einen anderen Ausweg sah ich nicht.

Daniel kam in die Küche und fläzte sich auf die Bank. „Florian hat sich verpisst?“, fragte er. Sie hatten also bereits kommuniziert.

„Ja. Und falls du auch abhauen willst, sage es mir bitte gleich, dann tut es nur einmal weh.“

„Nö“, sagte Daniel, „du weißt ja, dass ich einen Nebenjob bei Lars habe.“

„Hast du?“ Ich hatte es nicht gewusst. „Was machst du da?“

„DJ.“ Das hatte er mir nie erzählt.

„Das heißt, du würdest auch hier auflegen?“

„Yep.“

„Findest du es nicht daneben, in Räumen, in denen Menschen getötet wurden, zu feiern?“

„In allen alten Räumen sind bereits Menschen gestorben. Der Tod gehört zum Leben dazu, warum sollte man hier nicht feiern? Vertreibt vielleicht etwaig vorhandene böse Geister, wenn man an so was glaubt.“

„Florian scheint wohl daran zu glauben“, sagte ich.

„Quatsch, Florian hat von Torsten ein super Angebot bekommen.“

„Du nicht?“

Er schwieg. Aha. Er also auch. Natürlich waren wir auch nicht sehr fair Torsten gegenüber gewesen, musste ich jetzt mit plötzlicher Hellsichtigkeit erkennen. Wir hatten schließlich versucht, ihm die Patienten abzujagen, indem wir uns eingeredet hatten, dass es ja schließlich unsere Patienten seien. Heute sah ich das ganz anders, aber vor ein paar Monaten hatte mir diese Erfahrung noch gefehlt. *Also hör uff zu flennen*, sagte ich zu mir selbst.

„Ich werde jetzt Lars anrufen."

„Mach das. Ich habe um halb vier einen neuen Patienten. Es gibt sie doch noch", sagte Daniel.

Ich ging in den heruntergekommenen Raum, den ich mir als Büro eingerichtet hatte. Hier waren weder die Wände geweißt, noch hatte ich das ramponierte Parkett unter Laminat versteckt. Mehr als einen Schreibtisch, einen Stuhl, einen Computer und ein Aktenregal hatte ich mir selbst nicht genehmigt. Ich rief den Lageplan auf, den ich bei der Sondereinheit für Altfälle fotografiert hatte, und sandte die Datei per WhatsApp an die Nummer, die Lars mir gegeben hatte. „Ruf mich an", schrieb ich dazu.

Lars ließ sich nicht lange bitten, der Rückruf kam nach knapp fünf Minuten.

„Mega", sagte er, „daraus lässt sich was machen. Willst du mir nicht doch deine Praxisräume mitvermieten?"

„Nee, ich will erst mal sehen, was bei euch so abgeht."

„Okay, ich schicke dir einen Überlassungsvertrag rüber, du brauchst nur noch deine Kontonummer reinzusetzen und deine Unterschrift darunter."

„Danke." Meine Probleme würden dadurch zwar nicht hundertprozentig gelöst werden, aber zumindest wäre ich wieder ein kleines bisschen flüssig für die dringendsten Außenstände.

Als ich aufgelegt hatte, ging ich auf unseren Buchungskalender. Zu meinem größten Erstaunen waren seit dem

Zeitungsartikel einige neue Patienten hinzugekommen. Von meinen alten Patienten waren nur vier geblieben, wahrscheinlich wussten die nicht, was in diesem Haus vor sich gegangen war, und gehörten auch nicht zum Leserkreis der Zeitung. Ich würde die Patienten von Florian jetzt auf Daniel und mich umverteilen müssen. Aber vielleicht wollten die auch mit Florian wieder zurück zu Torsten.

Es war nicht schwierig, die Patiententermine auf uns zu verteilen, denn sowohl Daniel als auch ich hatten große Lücken in unserem Terminkalender. Während ich noch am Schieben war, stolperte ich über einen Namen: Hochberger. Kannte ich einen Hochberger? Ich war mir sicher, dass ich den Namen schon mal gehört hatte. War er ein ehemaliger Patient, den Florian von Torsten mitgenommen hatte? Ich durchforstete unsere illegal kopierte Patientendatenbank. Ein Hochberger war darin nicht gelistet.

Um fünf erwartete ich eine Patientin, die sich beim Surfen in Kroatien einen Kreuzbandriss zugezogen hatte. Ich schaute auf die Uhr, die Frau müsste gleich erscheinen. Also wusch ich mir die Hände und setzte mich an den Empfang. Von hier aus hatte man einen guten Überblick über meine schön renovierten Praxisräume, auf die ich so stolz gewesen war. Jetzt schienen sie mich vorwurfsvoll anzustarren.

Als Frau Lauterbach, so hieß die Frau, die der Arzt mir zum Muskelaufbau nach der OP geschickt hatte, erschien, gingen wir zusammen in den Raum, in dem Luise Tegge ihr Leben gelassen hatte. Auch wenn ich Frau Tegge vom Foto her nicht sympathisch gefunden hatte, so war sie doch ein unschuldiges Opfer eines grauenhaften Verbrechens.

Ich versuchte nachzuspüren, ob sich Luises Geist in diesem Raum aufhielt, und musste feststellen, dass dem nicht so war. Vielleicht war ich einfach auch nicht empfänglich für übernatürliche Signale.

Die Wände erstrahlten in einem zitronigen Gelb, der apfelgrüne Bezug der Liege gab den Eindruck von Frische und Lebenslust, auch Frau Lauterbach war gut drauf, und das einzig unerklärliche Phänomen, über das wir scherzten, war das Wetter. Der Wetterbericht hatte dreißig Grad vorausgesagt, draußen goss es jedoch in Strömen, und das Thermometer war auf achtzehn Grad herabgerutscht.

Als Alex mich am Abend abholte, wanderten wir mit dem polizeilichen Lageplan durch das ganze Haus. „Schau mal, hier an der Seite ist er eingestiegen", sagte Alex.

Er hatte recht. Das, was wohl früher schon als Kammer gedient hatte, beherbergte auch in meiner Praxis die Handtücher und Liegenbezüge sowie den Vorrat an Massageölen. Der Busch, der vor vierzig Jahren vor dem Fenster gestanden hatte, war inzwischen wohl abgeholzt worden. Wahrscheinlich, so dachte ich, damit niemand mehr hier einsteigen konnte.

Noch bevor wir das Haus verließen, schickte mir Lars den von ihm bereits unterschriebenen Vertrag. Mein Vertragspartner war ein eingetragener Verein. Ich zögerte keine einzige Sekunde mehr und unterschrieb den kurzen Nutzungsvertrag, setzte meine Kontonummer ein und jagte das Ding an Lars zurück.

## Das Partygeschäft

Da Lars durch Daniel von meiner desolaten finanziellen Lage erfahren hatte, überwies er mir die Miete für das Wochenende im Voraus per Blitzüberweisung. Dreiviertel des Geldes hatte ich innerhalb von einer Viertelstunde qua Überweisung ausgegeben. Ich musste also darauf hoffen, dass die Party von Lars ein so donnernder Erfolg werden würde, dass wir aus diesem Arrangement eine Dauerbeziehung machen konnten.

Am Freitagmorgen rückte Lars mit einem Laster und vier Männern an, die von Daniel herzlich begrüßt wurden. Während ich einer Patientin eine Lymphdrainage verabreichte, beobachtete ich durch das Fenster, was die Männer aus dem in der Einfahrt stehenden Laster ausluden. Sie schleppten offensichtlich schwere Ballen schwarzen Stoff nach oben, wahrscheinlich, so dachte ich mir, wollten sie die Wände damit auskleiden. Ich hörte, wie bereits gehämmert und gebohrt wurde. Gegen Mittag fuhr der erste Laster weg, und ein Laster von einer Ton- und Lichtfirma wurde von Lars in Empfang genommen.

Langsam wurde ich neugierig. Deshalb stieg ich die Treppen hoch. Die Partyhelfer hatten an den Deckenkanten Holzleisten befestigt, an die sie jetzt mit einem Tacker den schwarzen Stoff befestigten. Als Lars mit den Tontechnikern nach oben kam, rief einer der Helfer: „Wir brauchen mehr Molton, das reicht hinten und vorne nicht!"

„Ich lass euch was aus dem Lager schicken, wie viele Rollen braucht ihr?", fragte Lars.

Die Männer von der Technikbude schleppten schwarze Kisten die Treppe hinauf. Ich war hier oben so überflüssig wie eine Fliege, also ging ich zurück in meine Praxis, zumal der nächste Patient, den ich von Florian übernommen hatte, in einer Viertelstunde angesagt war.

„Hier ist ja was los", sagte der Patient, als er sich den Weg durch den von Kisten zugestellten Eingang zu meinen Behandlungsräumen bahnte. „Gibt es hier Filmaufnahmen?" Der Mann war Anfang sechzig und hoffte, dass meine manuelle Therapie ihn vor einer Operation seiner Bandscheibe bewahren würde. Ich hatte mir seine Akte gezogen, er hieß Jörn Budde. Als ich ihn anschaute, musste ich unweigerlich an Angelina Jolie denken. Nicht, weil er so schöne Augen hatte, aber irgendetwas an seinen breiten Lippen erinnerte an die Hollywood-Diva, seine Unterlippe schien eine Falte in der Mitte zu haben.

„Ich nicht, im Obergeschoss soll es heute Abend eine Party geben, ich habe es vermietet."

„Schade", sagte der Mann, „und ich hatte gedacht, Sie vermieten die Villa als Filmkulisse. Obwohl sich die Location sicher auch gut für eine Party eignet."

Im Laufe der Therapie erfuhr ich, dass der Mann Executive Producer einer Film- und Fernsehproduktion war.

„Wir brauchen immer alte Villen für Filmaufnahmen, je unheimlicher, je lieber. Darf ich mir das Haus nachher einmal anschauen?"

*Da sieh her*, dachte ich mir, das, was für mich aussah wie eine Katastrophe, war für andere Branchen offensichtlich ideal. Warum zum Teufel hatte die Schneidermann nicht an solche Firmen vermietet und stattdessen mich als Opfer ausgespäht?

„Natürlich", sagte ich, und nach der Therapie führte ich meinen Bandscheibenvorfall herum. Allerdings erwähnte ich nicht, dass es sich bei der Villa um ein Haus handelte, das mal eine tragische Rolle in einem Serienmord übernommen hatte. Im Obergeschoss standen inzwischen viele Kisten offen, darin wurden offenbar Lampen, Lautsprecher und andere Technik transportiert. Die Männer hatten eine metallene Trasse quer durch den Raum gezogen, an der nun riesige Scheinwerfer befestigt wurden. Ich staunte über den Aufwand, der hier betrieben wurde.

Jörn Budde ließ sich das ganze Haus inklusive der Kellerräume und des Gartens zeigen. „Was für eine großartige Location!", sagte er zum Abschied. „Ich bin mir sicher, dass Sie von uns hören werden. Ich habe da schon eine Idee."

Am späten Nachmittag kam dann noch der Patient von Florian, dessen Name mir bekannt vorgekommen war. Ich erklärte ihm, dass er leider mit mir vorliebnehmen müsse, da mein Mitarbeiter im Moment leider ausgefallen sei.

„Das ist mir egal, Sie sehen ganz so aus, als ob ich mich lieber von Ihnen kneten lassen würde als von einem hässlichen Kerl", sagte der Mann lächelnd.

„Könnten Sie mir bitte noch mal Ihren Namen und Ihr Geburtsdatum verraten?", bat ich ihn. Im Computer sah ich, dass er ein Rezept aus der Praxis meines stillen Teilhabers hatte.

„Dr. Sundermann hat Sie mir empfohlen", sagte er. „Hochberger, Clemens, 27.9.1952."

*Klar. Danke, Jens.* M76.8G war die behandlungsrelevante Diagnose, Clemens Hochberger hatte eine Störung der Gelenkfunktion, einschließlich des zugehörigen Kapsel-Band-Apparats und der umgreifenden Muskulatur.

„Wo ist es denn schlimmer, rechts oder links?", fragte ich den Patienten, während ich ihn in den Raum brachte, in dem die beiden kleinen Jungen ermordet worden waren. Ich bat ihn, sich freizumachen.

„Eigentlich auf beiden Seiten gleich, wissen Sie, seitdem mir mein Kardiologe geraten hat, etwas abzunehmen und mehr für mich zu tun, fahre ich jeden Tag mit dem Rad, aber das scheint mir gar nicht gut zu bekommen."

Schnell ging ich zurück zum Empfang und schaute mir noch mal sein Rezept an. Clemens Hochberger. Ich hatte diesen Namen schon mal gehört, und jetzt glaubte ich auch zu wissen, wo. Ich nahm mein Handy, ging auf die Foto-App und schaute mir an, was ich bei der Sondereinheit Altfälle fotografiert hatte. Richtig. Professor Dr. Clemens Hochberger. Der Fallanalytiker. Sein Erscheinen hier war mit Sicherheit kein Zufall, die Empfehlung von Jens hin oder her. Mal sehen, ob er mich auf die Morde ansprechen würde, die in diesem Haus verübt worden waren. Also erst mal arbeiten.

Hochberger lag mit dem Gesicht zur Decke bereits auf der Liege. „Sie müssten sich bitte auf den Bauch drehen", sagte ich, während ich ihn unauffällig beobachtete. Der Mann hatte volle graue Haare und Augenbrauen, die Form seiner Nase und seine stechenden graugrünen Augen ließen mich an einen Adler denken. Wenn ich heiteres Beruferaten hätte spielen sollen, so hätte ich getippt, der Mann ist Dirigent, vielleicht wegen einer leichten Ähnlichkeit mit dem längst verstorbenen Dirigenten der Berliner Philharmoniker, Herbert von Karajan. Hochbeger war über sechzig, aber trotz der lädierten Hüften schien er in Topform. Er hatte breite Schultern und muskulöse Arme, so als ob er regelmäßig in einem Fitness-Studio trainierte, und auch um die Taille gab es nicht mal einen winzigen Speckansatz.

„Ja, ja, Sport ist Mord“, scherzte ich.

„Das habe ich auch immer gesagt, aber meine Frau jagt mich jeden Tag mit dem Rad zum Einkaufen. Wir haben uns so ein neumodisches Lastenfahrrad gekauft, damit wir nicht mehr so viel Autofahren müssen.“

„Das ist zumindest gut für die Umwelt.“

„Aber ganz offensichtlich nicht für mich“, erwiderte er. „Doch was tut man nicht alles, damit der häusliche Frieden gewahrt bleibt.“

Er machte nicht den Eindruck, als ob er ein Mann gewesen war, der früher sehr viel Wert auf Häuslichkeit gelegt hatte. Ich weiß nicht, woher dieser Eindruck rührte, es war nur so ein Gefühl, als ob dieser Mann immer zuerst seinen eigenen Interessen nachgegangen wäre.

Wir plauderten über die Radwege im Grunewald, über den offensichtlichen Mangel an gemütlichen Restaurants im Bezirk und über den Klimawandel.

Am Ende der Therapie verabschiedete ich mich freundlich und verließ den Raum. Er hatte kein Wort darüber verloren, dass er mit dem Haus der zwanzig Kinder jemals zu tun gehabt hatte.

Als er auf dem Weg nach draußen an dem Empfangstresen vorbeikam, fragte er mich, was denn „da oben“ los sei.

„Ich habe die obere Etage an einen Veranstalter vermietet. Heute Abend gibt es hier eine Party.“

Er wünschte mir noch einen schönen Abend und sagte, er freue sich schon auf den nächsten Termin am Mittwoch.

Am späten Nachmittag kam ein weiterer Transporter, in dem offensichtlich das Catering transportiert wurde. Von meinem Platz am Empfangstresen konnte ich beobachten, wie Rollwagen mit Gläsern, Flaschen und Unmengen von Stoffballen nach innen transportiert wurden. Da es in dem Haus keinen Aufzug gab, mussten die Mitarbeiter von Lars alles die breite Treppe hinaufwuchten. Rund um die Treppe wurden breite Kandelaber und kleine Kästen aufgestellt. Auch draußen wurden rechts und links des Weges Fackeln in den Boden gerammt und weitere Kästen aufgestellt, die mit Kabeln verbunden wurden.

Natürlich fuhr ich an diesem Freitag nur kurz nach Hause, um mich umzuziehen und eine Kleinigkeit zu essen. Denn dieses Spektakel wollte ich mir auf keinen Fall entgehen lassen. Alex hatte versprochen, zu meiner moralischen Unterstützung mitzukommen, ihn schien das Ganze zu amüsieren.

## Die Party

Als wir am Bahnhof Grunewald vorbeifuhren, sahen wir, dass sich eine Gruppe schwarz gewandete Gestalten wie lebende Tote Richtung Winklerstraße bewegten. „The Walking Dead“, sagte ich.

„Wow, geil“, meinte Alex, als wir an zwei Frauen vorbeifuhren, die in schwarze Lederbustiers und sehr kurze, schwarze Röckchen gekleidet waren. Ihre Haare waren kunstvoll drapiert und mit schwarzem Firlefanz festgesteckt. Ich fragte mich, wie viele Dosen Haarspray dabei wohl draufgegangen waren. Sie waren weiß geschminkt und hatten jeden Millimeter Auge optimal genutzt, um so viel schwarzes Make-up wie möglich aufzubringen. Ich musste zugeben, dass die beiden Frauen auf ihre Weise sexy wirkten.

Kurz darauf blieb mir fast das Herz stehen: Blaulicht zuckte durch die Winklerstraße, vor unserem Haus standen ein Feuerwehr- und ein Rettungswagen. Ich bekam einen Todesschreck. Die hatten das Haus angezündet! Rauchschwaden waberten durch den Garten und quollen aus dem Eingang. Darin loderten helle Flammen auf.

„Oh Gott, was haben die gemacht!“, schrie ich. Die Panik erfasste mich wie eine Monsterwelle.

Mitten in dem Qualm standen regungslos schwarz gekleidete Menschen, die in dem Rauch aussahen wie Scherenschnitte. „Wieso stehen die denn da noch, die behindern doch die Feuerwehr“, schrie ich.

Alex legte mir die Hand auf den Schenkel und sagte, während er einparkte: „Schatz, beruhige dich, das ist bestimmt falscher Alarm.“

„Du siehst doch, dass es brennt!“, rief ich und öffnete die Beifahrertür. Alex hielt mich an meiner Jacke zurück. „Lene, bleib sitzen und guck dir das Spektakel von hier aus an.“

„Ich muss ins Haus.“ Ich wollte mich losreißen.

„Das ist Kunstnebel, aus Nebelmaschinen, reg dich einfach ab.“

„Aber es brennt doch!“

„Nein, das sind Fackeln, nun dreh nicht gleich durch!“

„Aber die Feuerwehr …“

„Die haben bestimmt deine Nachbarn gerufen, die sind genauso auf die Nebelmaschinen reingefallen wie du“, beruhigte mich mein Freund.

Er hatte recht. Die Leute von Lars, die mein Untermieter „Hands“ nannte, hatten den Weg vom Gartentor zur Eingangstür mit Fackeln bestückt, die jetzt in dem Nebel flackerten, so dass es aussah, als ob es brannte.

Vor dem Gartentor hatte sich ein schwarz gekleideter Pulk junger und – zu meinem größten Erstaunen – auch weniger junger Menschen versammelt, die sich alle untereinander zu kennen schienen. Jedenfalls bewunderten sie gegenseitig lautstark ihre Aufmachung, was ich durchaus nachvollziehen konnte, so kunstvoll zurechtgemachte Menschen sieht man selten.

Als wir hinüber zum Haus gingen, sahen wir, dass einige schwarz Gewandete die Feuerwehrleute umringten und sich über den Einsatz amüsierten. Sie johlten und boten den Feuerwehrmännern Bier und Sekt an, offensichtlich hatten auch die ihren Spaß. Ich sah, dass die Nachbarn rechts und links kopfschüttelnd an den Gartenzäunen standen, und quer gegenüber hatte sich eine Gruppe von Anwohnern versammelt, um das Spektakel zu betrachten.

Wir drängelten uns um die Menschen herum, die vor der Eingangstür rumhingen. Drinnen sprach Lars mit zwei Feuerwehrmännern. Ich wollte zu ihnen, aber Alex hielt mich zurück. „Vergiss es, lass ihn machen!“, zischte er mir zu.

Nach einer Weile sah ich, wie sich die Feuerwehrleute freundlich mit Handschlag von Lars verabschiedeten und zurück zu ihren Fahrzeugen gingen. Lars nahm an der Kasse Platz, und Alex und ich stellten uns hinten an und warteten, bis wir am Einlass waren.

Lars grinste mich fröhlich an. „Für euch ist der Eintritt frei, amüsiert euch“, sagte er lächelnd.

„Gab es Ärger?“

„Nicht mehr als üblich. Null Problem!“

Na dann. Wir betraten staunend die Eingangshalle. Was hatten die Hands daraus nur innerhalb von den paar Stunden meiner Abwesenheit gemacht. Das gesamte Erdgeschoss schien von einer Nebelschicht bedeckt zu sein, jetzt verstand ich die kleinen Kästen, die die Männer rund um die Treppe angebracht hatten, es waren wohl Nebelmaschinen. Rechts und links von der Treppe flackerten dicke, weiße Kerzen in den riesigen Kandelabern, und das gesamte Erdgeschoss war in kaltes, weißes Licht getaucht.

Die Techniker hatten die Scheinwerfer so am Boden angebracht, dass quasi alles weggeleuchtet wurde, was nicht zur Party gehörte. Riesige Strahler warfen von unten durch den Nebelteppich Lichtstrahlenbündel hinauf in den zweiten Stock, was dem Treppenhaus eine gespenstische Atmosphäre verlieh. Es erinnerte an Flakscheinwerfer in alten Kriegsfilmen. Die breite Treppe glich einem Laufsteg für Untote. Aus der ersten Etage klangen monotone Beats durch das Haus, ich spürte die Musik sogar unter meinen Schuhsohlen.

„Merkst du das auch? Der Boden vibriert", fragte ich Alex.

„Das sind Tonfrequenzen, die man nicht hört, die man aber bis in die Fußspitzen fühlt. Wahnsinn, oder?"

Ich hatte so etwas noch nie erlebt, das Gefühl erinnerte an fernes Donnergrollen in den Bergen.

Wenn ich das Haus nicht gekannt und den Aufbau nicht miterlebt hätte, hätte ich mich jetzt wirklich gegruselt. Alex grinste mich von der Seite an. Wir beiden fielen hier natürlich auf wie die lila Kuh auf der Weide, auch wenn wir uns vorsorglich schwarz angezogen hatten.

„Komm, lass uns was trinken", sagte er und zog mich die Treppe hoch durch das gleißende Scheinwerferlicht.

Im ersten Stock gab es ein ganz anderes Bild. An der blau erleuchteten Balustrade lehnten schwarz gekleidete Menschen, sie hatten Flaschen oder Gläser in der Hand und schienen sich wohlzufühlen.

Die Beats kamen aus der großen Diele, die in irritierendes Schwarzlicht getaucht war, so dass man nur die weiß geschminkten Gesichter der Menschen sah, die dort dicht gedrängt zu ziemlich eintönigen Technorhythmen tanzten. In der Ecke stand ein DJ-Pult.

„Guck mal, das ist Daniel“, sagte ich zu Alex.

„Das glaube ich jetzt nicht.“

Wenn ich nicht gewusst hätte, dass mein Mitarbeiter bei Lars auflegte, hätte ich Daniel auch nicht erkannt. Er war schwarz geschminkt, trug einen Zylinder und eine schwarze Lederjacke mit Nieten. Ich fragte mich, ob er sich nicht totschwitzte.

Und dann begriff ich, weshalb Lars unbedingt hatte wissen wollen, in welchen Zimmern die Morde geschehen war. Er hatte die Toilette, in der Uwe erstochen worden war, in rotes Licht getaucht, das unten durch die Tür wie Blut herausfloss.

Das ehemalige Zimmer von Gabriele und Ulrike war ebenfalls in Blutrot getaucht. Eine Ecke war in eine Art Gedächtnisecke umgewandelt worden. Lars hatte dort Blumen, Postkarten, Teelichte und rote Grabkerzen aufgestellt, es sah aus, als trauere die Gemeinde um die Todesopfer.

„Ich kotze gleich“, sagte ich, als ich sah, dass Lars alte Zeitungsfotos der Ermordeten gerahmt und aufgestellt hatte. Wo hatte er die nur hergenommen? Dass daneben die ganz in Schwarz gehaltene Bar aufgebaut war, schien die Feiermeute ganz und gar nicht zu stören.

„Das finde ich echt geschmacklos“, sagte ich entsetzt.

Alex lachte. „Ach, du mein sensibles Seelchen. Die toten

Jugendlichen hätten sicher ihren Spaß an so einer Party. Schließlich sieht es so aus, als ob sie ihnen zu Ehren gegeben wird."

Ich schüttelte fassungslos den Kopf. Waren die denn alle verrückt? „Lass uns gehen, ja?"

„Wieso, wir sind doch eben erst gekommen."

„Ich will hier weg, sofort. Bitte", sagte ich.

„Okay, okay." Widerwillig folgte er mir die Treppe wieder hinunter.

In dem Moment sah ich, dass im Eingang zwei Polizisten standen. Ich ging ein wenig schneller, um zu sehen, was da vor sich ging.

„Kommen Sie doch rein", hörte ich Lars sagen. „Dürfen wir Ihnen etwas zu trinken anbieten?"

Ich ging schnell zu meinem Untermieter und den beiden Uniformierten.

„Wir müssen Sie bitten, die Musik leiser zu machen", sagte einer der Uniformierten.

„Wieso, draußen sind wir nicht über dem zugelassenen Geräuschpegel, das haben wir nachgemessen."

„Die Nachbarn haben sich wegen des Lärms beschwert", sagte der zweite Uniformträger.

„Das kann ich mir vorstellen", sagte Lars, „meiner Erfahrung nach sind die Nachbarn nur neugierig, was hier abgeht. Und sie haben ein paar meiner Gäste gesehen und Angst bekommen. Der Lärm ist mit Sicherheit nur ein Vorwand."

„Bitte machen Sie die Musik leiser", sagte einer der Beamten. Stur.

„Ich schlage vor, wir regeln das Problem, indem wir die Tür und die Fenster im Erdgeschoss schließen. Oben sind die Fenster sowieso geschlossen, und ich darf Sie einladen, mit mir zusammen den Lärmpegel draußen zu messen."

Der Mann hatte offensichtlich Erfahrung im Umgang mit den Behörden. Die beiden Polizisten schienen nicht zu wissen, was sie jetzt tun sollten.

„Haben Sie eine Genehmigung für die Veranstaltung?", fragte der ältere der beiden Polizisten.

„Das ist eine private Party, dafür benötige ich keine Genehmigung", sagte Lars.

„Sind Sie der Besitzer des Hauses, könnten Sie sich bitte ausweisen?"

Lars zog ungerührt seinen Ausweis hervor.

„Wenn Sie jetzt nicht sofort die Musik ausmachen, muss ich leider eine Anzeige wegen Ruhestörung schreiben."

„Bitte, noch mal, wir messen draußen den Lärmpegel gemeinsam", schlug Lars vor.

Ich wollte schon dazwischengehen, aber Alex hielt mich zurück. „Vergiss es, der weiß, was er tut", zischte er mir zu.

„Darf ich Sie fragen, ob Sie außerhalb des Grundstücks draußen etwas gehört haben?", fragt Lars.

Die beiden Polizisten schauten einander ratlos an. So etwas waren sie hier im Grunewald nicht gewohnt. Der eine schüttelte den Kopf und sagte zu seinem Kollegen: „Komm, wir belassen es bei einer Verwarnung."

Lars nickte befriedigt und begleitete die beiden zur Tür, die er fest hinter ihnen schloss. Als er sich umdrehte, grinste er mich breit an. „Die gehören dazu wie Christbaumkugeln zu Weihnachten“, sagte er. Lars schien sich keine Sorgen zu machen, im Gegensatz zu mir. Ich war gespannt, was für ein Ärger mir aus dieser ganzen Aktion erwachsen würde.

## Ärger

Wenn das eine kleine Party war, was sollte dann am Samstag auf der großen Party noch stattfinden, fragte ich mich. Nachdem ich Alex stundenlang mit meinen Sorgen ein Ohr abgekaut hatte, fiel ich in einen unruhigen Schlaf, der mir auch einen Albtraum schickte. Am nächsten Morgen fühlte ich mich gerädert und – so sagte ich es wörtlich zu Alex: „besudelt".

„Du weißt doch, wie das mit den Jungfrauen und den Vögeln ist?", erwiderte mein Partner.

Ich traute mich kaum in die Praxis. Aber ich musste antreten, denn ich hatte um zehn Uhr eine Patientin. „Kommst du mit, zum Sehen?", bettelte ich. Ehrlich gesagt war ich zu feige, allein in die Villa zu fahren.

Über der Winklerstraße lag eine fast unwirkliche Ruhe. Außer dem Zirpen der Vögel und dem leisen Rauschen des Windes in den Bäumen war es totenstill. Ich hatte befürchtet, dass vor und hinter dem Gartentor unzählige Bierflaschen und Plastiktüten herumfliegen würden, aber es sah aus, als ob die Berliner Stadtreinigung soeben gefegt und den Müll entsorgt hätte. Wie ich später erfahren habe, hatte sie genau dies getan, im Auftrag des Vereins, der als mein Untermieter auftrat. Der Weg zum Eingang war sowohl von Fackeln als auch von Nebelmaschinen befreit. Vor der breiten Treppe in den ersten Stock standen Trennwände, so dass weder die Kandelaber noch die Bodenstrahler zu sehen waren. Der Zugang zu meinen Praxisräumen war frei und alles sah so aus, als wäre die Party der vergangenen Nacht nichts als ein Albtraum gewesen.

„Boah, ey", sagte Alex anerkennend, „die müssen ja geackert haben wie die Rummelnutten."

In dem Moment kam mir Lars aus dem Untergeschoss entgegen.

„Hallo Lene, alles frisch?", fragte er.

Ich nickte. „Sieht ja aus, als ob nichts gewesen wäre."

„Wir richten jetzt den Keller ein", informierte er mich.

„Bekommen wir jetzt Anzeigen wegen der Feuerwehr und der Polizei, oder worauf muss ich mich einstellen?"

„Alles roger, deine Nachbarn haben nur mal kurz auf sich hingewiesen, kennen wir schon. Keine Probleme. Wir haben oben alle Fenster isoliert und mit Eierkartons ausgekleidet, es war nicht zu laut, durch diese alten Gemäuer dringt kein Mucks", sagte er.

„Und die Feuerwehr?"

„Coole Einlage, oder? Die hatten ihren Spaß!"

Ich begab mich in meine Praxisräume. Hier sah alles aus, wie ich es verlassen hatte, und auch meine erste Patientin war pünktlich. Während ich die Schleimbeutelentzündung meiner Patientin bearbeitete, schaute Alex Lars und den Hands bei der Arbeit zu, was den Vorteil hatte, dass er mir später berichten konnte. Die Kellerräume selbst waren eher unspektakulär, ich hatte nicht einmal eine Idee, was die damit vorhatten.

„In dem großen Kellerraum haben sie Bierbänke und Tische und eine Bierbar aufgebaut, in einem der Räume scheint es so etwas wie einen Pop-up-Store für Gothic-Klamotten zu geben. Das Irrste ist eine Art Spiegelkabinett, wahnsinnig beleuchtet mit Kandelabern, die sie an die Wände gehängt haben, da können sich diese Narzisse stundenlang ungehindert selbst bespiegeln. Und es gibt einen Raum der Stille, da kann man in verschiedenen Särgen schon mal Probeliegen", lautete sein Bericht von der Partyfront.

„Nicht dein Ernst. Wann haben die denn das alles aufgebaut?"

„Ich nehme an heute früh, nachdem sie oben sauber gemacht haben."

Daniel hatte an diesem Samstag frei, und ich musste noch zwei weitere Patienten behandeln. Danach hörte ich meinen Anrufbeantworter ab. Es gab mehrere Anfragen von Patienten für Termine, was ich erfreulich fand.

Weniger erfreulich fand ich den Anruf von Frau Schneidermann. „Wenn Sie das hören, rufen Sie mich sofort zurück. Sofort!"

Was war das denn für ein Ton? Na gut, die Alte würde mir kaum nachweisen können, dass ich heute den Anrufbeantworter abgehört hatte, ich hatte jedenfalls in keinem Fall vor, die Schneidermann vor Montag zurückzurufen. Wenn es Streit gab, dann bitte nach der großen Samstagabendsause.

Alex und ich waren an diesem Abend bei Freunden zum Grillen eingeladen, aber ich hatte keine Sekunde Freude an der Gartenparty. Mir war ziemlich mulmig zumute, obwohl Alex mir versicherte, dass mir gar nichts Schlimmeres passieren konnte als das, was mir bereits passiert war. Die Schneidermann konnte zetern, so lange sie wollte, der Mietvertrag untersagte weder eine Untervermietung noch eine anderweitige Nutzung der Räume. Da war ich also auf der sicheren Seite. Sie konnte mich gern fristlos kündigen, das war mir durchaus recht, dann würde ich woanders Räume finden können und wäre aus dem Fünfjahresvertrag raus. Natürlich würde ich nicht sofort rausgehen können, aber so schnell ging eine Räumungsklage nun auch wieder nicht.

Je später es am Samstagabend wurde, je mehr Alkohol ich trank, desto motziger wurde ich. Die sollte bloß kommen, sie sollte froh sein, dass ich nicht fristlos gekündigt hatte, schließlich hatte sie mir etwas sehr Wichtiges bei der Vermietung verschwiegen. Die Alte war doch schuld an meinem ganzen Dilemma.

Als Alex mich nach Hause fuhr, war ich ziemlich hinüber, beim Treppensteigen musste er mich stützen. Den Sonntag verbrachte ich mit Migräne im Bett, oder wie man diese rasenden Kopfschmerzen nannte.

## Der totale Wahnsinn

Sie veranstalteten also Partys in diesem Haus. Diese jungen Leute schreckten vor keiner Geschmacklosigkeit zurück. Er hatte es im Internet verfolgt und sich gefragt, was die Menschen dazu bewegte, sich an einem Tatort aufzugeilen. Denn darum ging es doch wohl, wozu sonst sollte man auf eine Party gehen, wenn man nicht geil darauf war, jemanden zu finden, mit dem man ins nächste Gebüsch, in die nächste dunkle Ecke oder ins nächste Bett hopsen wollte.

Er war auch geil gewesen, damals, in dieser Nacht. Nicht sofort, nein, nicht gleich, nicht vorher. Aber zu seinem größten Erstaunen hatte er festgestellt, dass er, als er die Erzieherin mundtot gemacht hatte, eine Erektion bekommen hatte. Er war heiß, so viel stand fest. Was er jetzt brauchte, war ein Mädchen, und zwar schnell. Gab es auf dieser Etage nur Jungen? Keine Mädchen?

In der Mitte des Flurs führte eine breite, hölzerne Treppe ins Obergeschoss. Dort würden sie wahrscheinlich die Mädchen verwahren, sagte er sich. Wieso hatte er diese alte Vettel nicht gefragt, wie viele Erzieher in diesem Haus noch schliefen. Er schlich durch die stockfinstere Diele zu der breiten Freitreppe. Es war so dunkel gewesen, dass er kaum etwas sehen konnte. Die Treppe war aus Holz, sie knarrte, als er die ersten Stufen erklomm. Das Knarzen schien die Stille im Haus zu zerreißen wie ein Donnerschlag. Er blieb auf dem ersten Treppenabsatz stehen und lauschte in die Dunkelheit.

Nichts, man hörte nichts, in dem großen Haus war es still wie auf einem Friedhof. Viel zu still, sagten seine angespannten Nerven. Es war die falsche Stille, die entstand, wenn man sich bemühte, kein Geräusch zu machen. Er war sich sicher, dass in der Dunkelheit jemand lauerte, jemand wach war, jemand ihn gehört hatte, jemand auf ihn wartete.

Er spürte in sich hinein. Hatte er Angst? Nein, sagte er sich, so musste sich ein Tiger fühlen, wenn er seine Beute belauerte, wenn er auf dem Sprung war, kurz bevor er zupackte. Genauso fühlte er sich: stark und lebendig.

Als er im ersten Stock angelangt war, schaute er sich um. Hier bildete die Treppe eine Art Balkon, von dem aus man im Hellen wahrscheinlich einen guten Überblick über die Eingangshalle hatte. Er beugte sich über die Brüstung und starrte hinunter, aber auch von oben sah das Erdgeschoss aus wie ein schwarzes Loch, das ihn zu verschlingen drohte.

In welche Richtung sollte er gehen? Richtung Mondlicht, entschied er und wandte sich nach rechts. Er hoffte, dass genug Licht in das Fenster eines Zimmers fallen würde, damit er sehen konnte, ob ein Besuch lohnend wäre. Er wollte ungern mit der Taschenlampe die Bewohner wecken. Leise schlich er hinein in die Dunkelheit. Plötzlich hörte er hinter sich ein Geräusch. Er drückte sich gegen die Wand und versuchte, in der Dunkelheit etwas zu erkennen. Ganz in der Nähe war hinter ihm eine Tür geöffnet worden. Ein Junge steckte den Kopf in den Flur.

„Hey, was ist denn hier los?", rief der Junge, der im Mondlicht kaum mehr war als eine Silhouette. Von der Größe her erahnte er, dass der Junge schon älter war, er schätzte ihn auf mindestens sechzehn oder siebzehn.

Er schnappte sich ihn von hinten und hielt ihm den Dolch unter die Kehle. „Los, vorwärts und kein Laut!" Der Junge war so konsterniert, dass er tatsächlich keinen Laut von sich gab.

Er schob sein Opfer durch die schmale Tür, die sich als der Eingang zu einer Toilette herausstellte.

„Bitte, tu mir nichts", bettelte der Junge. „Soll ich dir einen runterholen?" Der Junge hatte wohl gemerkt, dass er einen Steifen hatte. „Soll ich dir einen blasen?"

Er war erstaunt. *Aber okay*, dachte er, *was habe ich erwartet, wir sind in einem Erziehungsheim.* Der Junge hatte offensichtlich einschlägige Erfahrung.

Er schlitzte ihm die Kehle auf, ganz schnell, von links nach rechts. Das warme Blut rann ihm über die Hand.

Er ließ den Jungen auf die Toilette sinken. Seine Hand war nass vom Blut. Er drehte sich um, öffnete den Wasserhahn und spülte nicht nur den Dolch, sondern auch seine Hände sauber. Sorgfältig trocknete er sich an dem Handtuch neben den Waschbecken ab, verließ die Toilette und schloss die Tür hinter sich.

Das war Wahnsinn, der totale Wahnsinn.

## Tag der Wahrheit

Am Montag fuhr ich mit einem Kloß im Magen zur Arbeit. Ich wollte Frau Schneidermann noch vor meiner ersten Behandlung anrufen.

Daniel wirkte frisch und gut gelaunt. „War mega am Sonnabend, wo wart ihr?", begrüßte er mich. Ich ließ mir berichten: „Bestimmt sechshundert Leute, es war so geil, die sind alle voll auf die Location abgefahren. Habe ich doch gewusst! Machen wir wieder, oder?"

Ich musterte ihn nachdenklich. „Waren die Nachbarn da? Oder etwa wieder die Polizei? Oder die Feuerwehr?"

„Na hör mal, klar waren die da. Das gehört doch dazu."

Ich verstand. Polizei und Feuerwehr und aufgebrachte Spießer schienen das Sahnehäubchen auf der Torte zu sein. „Na, mal sehen, was meine Vermieterin dazu sagt", sagte ich und wählte todesmutig ihre Nummer.

„Sind Sie eigentlich von allen guten Geistern verlassen?", brüllte Frau Schneidermann ins Telefon, kaum dass ich mich mit einem freundlichen „Guten Tag" gemeldet hatte.

„Das könnte man so sagen."

„Was veranstalten Sie denn da für einen Zinnober?"

Ich überlegte, was das Wort Zinnober heißen sollte,

konnte es mir aber in etwa zusammenreimen. „Gothic Partys“, sagte ich. Tonlos.

„Das habe ich in der Zeitung gelesen, verdammt noch mal.“

„In welcher Zeitung?“ Das war mir jetzt neu.

„Egal in welcher, es stand in allen Zeitungen. Geistervilla wird Event-Location. Und so weiter und so weiter.“

Ich schluckte. Natürlich hatte ich keine Zeitung gelesen, ich lese eigentlich nie Zeitung, nicht mal in die Sonntagszeitung, die Alex wegen seiner Anzeigen regelmäßig liest, hatte ich geschaut. Verdammte Migräne!

„Das lassen Sie mal schön bleiben. Dafür habe ich Ihnen die Villa nicht vermietet!“

„Sie haben mir die Villa vermietet, ohne mich darüber aufzuklären, um was für eine Art Haus es sich handelt. Das war nicht fair.“

„Aber das ist doch allgemein bekannt, dass in dem Haus Schreckliches passiert ist.“

„Mir war es nicht bekannt. Unseren Patienten allerdings leider schon, und deshalb kommen sie jetzt nicht in meine Praxis, und ich muss die Gehälter und die Miete zahlen, und ich bin pleite.“

Die Schneidermann schwieg. Ich auch. Es war alles gesagt. Sie konnte mir die Partys nicht verbieten. Sie hatte keinerlei Handhabe.

„Wir sollten das persönlich besprechen“, sagte die Schneidermann. „Wann darf ich vorbeikommen?“

Das hörte sich schon viel versöhnlicher an. „Um drei, heute?“

Wir einigten uns darauf, und in dem Moment kam auch schon Daniels erster Patient. Da ich am Tresen saß, las ich seine Krankenkassenkarte ein. Michael Schwedt. Ich schaute hoch.

„Der Michael Schwedt?", fragte ich erstaunt.

„Na, die Michael Schwedt bestimmt nicht, oder sehe ich so aus?", lachte er.

„Ich, ich, ach, Entschuldigung", stammelte ich. „Ich meine, sind Sie der Michael Schwedt, der früher die dritte Mordkommission geleitet hat?"

„Kennen wir uns?", fragte er erstaunt.

„Nein, ich bin auf Ihren Namen in den Akten der Sondereinheit gestoßen."

„Ach so, ja, der bin ich. Aber inzwischen pensioniert."

„Und immer noch interessiert an dem Haus der zwanzig Kinder", sagte ich lächelnd.

„Die haben Ihnen die Akten zu lesen gegeben? Zustände sind das heute."

„Na ja, vielleicht verirrt sich der Täter von damals ja heute in dieses Haus", sagte ich und betrachtete den alten Kommissar. Schwedt hatte kurz geschorene, silbergraue Stoppeln und tiefe Falten rund um die dünne, gebogene Nase und unter den Augen. Er sah so aus, als ob seine Haut ihm zu groß geworden wäre.

In dem Moment kam Daniel und holte seinen Patienten ab. Schwedt lief ein wenig nach vorn gebeugt, er hatte eine deutliche Kyphose, also einen Altersbuckel. Der Mann war spindeldürr, ich überlegte, ob er nur zu wenig oder falsch aß oder ob er ernstlich krank war. Die beiden gingen in den Raum, in dem Thomas und Burghard ihr Leben gelassen hatten. Ich zweifelte nicht eine Sekunde, dass Michael Schwedt den Raum sehr wohl wiedererkannte.

## Frau Schneidermann

Pünktlich um drei rauschte Frau Schneidermann an. Die Frau hatte mich schon bei unseren Mietverhandlungen irritiert. Sie sah nicht aus wie die Ehefrau eines verrückten Millionärs, der es sich leisten konnte, so eine riesige Villa zu kaufen und jahrelang leer stehen zu lassen. Sie war um die sechzig, und man konnte keinerlei Anzeichen von Eitelkeit bei ihr erkennen. Ihre dunkelblonden Haare waren mit Grau durchsetzt, sie trug sie auf dem Hinterkopf irgendwie zusammengenestelt. Aus dem ebenmäßigen Gesicht hätte sie mit ein wenig Make-up und Pflegemaßnahmen etwas machen können, aber die Augenbrauen waren über das untere Drittel ihrer Stirn unregelmäßig verteilt, und ihr schmaler, um nicht zu sagen verkniffener Mund hatte mit Sicherheit niemals auch nur einen Hauch von Lippenstift oder gar Hyaluron gesehen. Ich wusste aus dem Internet, dass sie mit einem Russen verheiratet war, und wenn ich sie auf der Straße treffen würde, dann würde ich denken, dass sie eine arme russische Babuschka war, die gerade ihr Kopftuch abgenommen hatte.

Sie sprach akzentfrei Deutsch, also war sie wahrscheinlich Deutsche beziehungsweise eine Russlanddeutsche.

„Kommen Sie mal mit, Liebes", sagte sie nach einer durchaus nicht unfreundlichen Begrüßung. Zielsicher führte mich Frau Schneidermann in den Raum, in dem ich meine Wäsche und die Pflegemittel lagerte.

„Hier", sagte sie, „hier hat vor mehr als vierzig Jahren alles begonnen. Ich habe ihn gesehen, müssen Sie wissen."

Ich verstand nur Bahnhof. „Wen haben Sie gesehen?"

„Den Mann, der meine Freunde umgebracht hat."

„Wie bitte?", fragte ich konsterniert.

„Kommen Sie, Liebes, ich muss Ihnen eine Geschichte erzählen. Setzen wir uns doch auf die Treppenstufen."

Frau Schneidermann war eine resolute kleine Frau, ihr durchaus freundlicher Ton duldete keinen Widerspruch.

Ich folgte ihr und wir setzten uns auf eine der ausgetretenen Stufen dieser imposanten Treppe.

„Sie haben damals in diesem Haus gelebt?", fragte ich.

„Gelebt? Nein, ich wurde hier gegen meinen Willen festgehalten. Niemand von uns war freiwillig hier. Sie nannten es Fürsorgeheim. Von Fürsorge keine Spur. Das war nur ein beschönigendes Wort für Erziehungsheim. Hier wurden die Kinder reingesteckt, die aus zerrütteten Familienverhältnissen kamen. Wir waren die Kinder von Mördern, Selbstmördern und Dieben, von Nutten und Drogensüchtigen, die ihren Eltern weggenommen wurden, weil diese ihre Kinder angeblich nicht zu ordentlichen Menschen erzogen hätten. Wir alle waren verlorene, kleine Seelen, erst zu Hause verwahrlost oder brutal misshandelt, um dann hier behandelt zu werden wie Schwerstverbrecher, die man umerziehen musste. Man setzte auf Arbeit, das hatten sie noch von den Nazis, Arbeit macht frei. Charakterstärke wurde hier gleichgesetzt mit Disziplin. Das war alles, was man von uns verlangte, ordentlich, fleißig, pünktlich und vor allem gehorsam zu sein. Sie haben versucht, uns zu kleinen Maschinen zu erziehen, Maschinen, die funktionieren, wie sie sich das vorstellten. Dabei haben sie uns unsere Kindheit und unsere Jugend gestohlen."

„Das ist ja grauenvoll", sagte ich. Ehrlich gesagt konnte ich mir nicht so richtig vorstellen, wie die Kinder hier gelebt hatten. „Es waren doch wohl ganz unterschiedliche Kinder hier, kleine Kinder und auch Jugendliche."

„Sie haben sich also informiert?", fragte sie.

„Ja, jetzt."

„Die Idee dahinter war wohl, dass es auch in einer Familie unterschiedlich alte Kinder gibt. Aber eigentlich haben sie uns nur zusammengepfercht und uns gezwungen, miteinander klarzukommen. Die kleinen Kinder bezogen täglich Prügel von den Größeren, man kann sich kaum ausmalen, was die Kleinen hier auszuhalten hatten. Die Erzieher haben es uns älteren Mädchen überlassen, die Kleinen zu erziehen. Wir hatten natürlich anderes zu tun, als uns um die Blagen zu kümmern, wir haben die Rotznasen gehasst und unsere Wut an ihnen ausgelassen. Wir kannten ja nichts anderes als Prügel und Misshandlungen.

Diese verdammte Treppe, auf der wir jetzt sitzen, die mussten wir als Strafarbeit auf allen vieren putzen. Jeden Tag wurde diese Treppe geputzt, sie war so sauber, dass man davon hätte essen können. Wenn das, was man uns zu essen gegeben hat, essbar gewesen wäre. Wir mussten es selbst kochen, aus vergammeltem oder stinkendem Fleisch. Und aus Graupen. Jeden Tag gab es Graupensuppe. Für uns gab es nur die Abfälle, die Reste vom Fleischer. Aber wehe, einer hat nicht aufgegessen! Wer sein Essen ausgekotzt hat, wurde mit dem Gesicht in seine eigene Kotze gestukt und musste das Erbrochene essen."

„Aber sie durften in dieser wunderschönen alten Villa leben", wandte ich ein.

„Die Villa war damals schon genauso baufällig wie heute. Wir mussten sie nachmittags renovieren, die Wände malern, die Fenster abdichten. Der Garten hinter der Villa war ein reiner Nutzgarten, dort wurde Gemüse angebaut, das auf dem Wochenmarkt verkauft wurde. Für uns gab es nur die Abfälle. Das Haus war das Gemeinschaftsprojekt, an dem wir alle arbeiten mussten, ein Fass ohne Boden. Ich sagte ja: *Arbeit macht frei.* Wir hatten nicht eine einzige Minute für uns, keine Freizeit, die Kinder durften nicht spielen, und die Älteren durften nicht mit ihren Schulfreunden nachmittags irgendetwas unternehmen. Es gab keine Freistunden oder wenigstens einen freien Sonntag, wir hatten einfach keinen Ausgang. Wenn wir unterwegs waren, dann alle zusammen, damit die Großen auf die Kleinen aufpassen konnten."

„Aber Sie durften doch in die Schule gehen, oder?"

„Ja, wir wurden in die Schule beziehungsweise in unsere Lehrwerkstätten gefahren und wieder abgeholt. Und wehe, einer fehlte. Dann wurde sofort die Polizei verständigt. Wer abgehauen und zurückgebracht worden ist, wurde in diesen entsetzlichen Keller gesteckt, ich zeige Ihnen gern das Kerkerzimmer. Eine Woche Dunkelhaft bei Wasser und sonst nichts."

„Das kann ich nicht glauben, das ist ja entsetzlich! Und niemand hat sich gewehrt?"

„Natürlich haben wir uns gewehrt. Mit Händen und Füßen. Wir sind auf die Erzieher losgegangen, wir haben versucht, unsere Eltern zu kontaktieren. Wir hatten so gut wie kein Taschengeld. Zwei Mark pro Monat. Zwei Mark! Davon haben wir Zigaretten gekauft. Also konnten wir keine Briefe schreiben oder telefonieren. Sie können sich nicht vorstellen, wie hilflos man in so einer Einrichtung ist, denn die Polizei ist immer auf Seiten der Erzieher. Egal, was man uns angetan hatte, man glaubte immer, dass uns ganz recht geschehe."

„Ich habe gelesen, dass der getötete Uwe auf den Männerstrich gegangen war, bevor er eingeliefert wurde."

„Ja, ich bin auch auf den Strich gegangen", sagte sie. „Babystrich, Bahnhof Zoo. Ich war vierzehn, als ich zusammen mit meiner Freundin Gabi dort aufgegriffen und hierher verschleppt wurde."

„Sie sind auf den Strich gegangen?", entfuhr es mir.

„War immer noch besser als zu Hause", sagte sie bitter.

„Wieso?", wagte ich nachzufragen.

„Dafür bekam man Geld, mit dem man sich schöne Träume kaufen konnte. Zu Hause musste ich das umsonst machen und bekam Prügel."

„Was ich nicht verstehe: Ich habe Ihren Namen nirgendwo in den Akten der Polizei gefunden."

„Sie waren bei der Polizei?", fragte sie erstaunt.

„Ja, ich wollte wissen, was genau hier abgegangen ist“, sagte ich. „Aber nirgendwo taucht Ihr Name auf.“

„Nein, natürlich nicht. Erstens, weil ich inzwischen geheiratet habe und mein Mann dieses Haus für mich ersteigert hat. Und zweitens, weil ich weder der Polizei noch der Heimleitung jemals erzählt habe, dass ich den Mörder gesehen habe.“

„Wieso das denn nicht?“, fragte ich.

„Weil ich in jener Nacht abgehauen bin. Zu meinem Freund. Er hat mich am frühen Morgen zurück zum Heim gebracht.“

„Wie sind Sie rausgekommen?“

„Genauso, wie der Mörder hereingekommen ist. Wir sind uns in der Kammer begegnet“, sagte sie.

„Er hat Ihnen nichts getan?“

„Nein, im Gegenteil, er war ganz freundlich.“

„Haben Sie nicht einen Todesschreck bekommen, als Sie sich in der Kammer trafen?“

„Ja, klar, ich habe ihn gefragt, was er glaubte, was in diesem Scheißhaus zu holen sei“, sagte sie.

„Wenn es so einfach war, ein- und auszusteigen, warum sind dann nicht alle Jugendlichen nachts abgehauen, wenn es so unerträglich hier war?“ Irgendwie kam mir das nicht so logisch vor.

„Es war nicht so einfach, wie es heute aussieht. Das Fenster war eigentlich mit einem Schloss gesichert. Ich habe Wachsabdrücke von einem Schlüsselbund gemacht, das eine Erzieherin mal auf dem Tisch im Eingang vergessen hatte. Mein damaliger Freund war Schlosser, und ich habe ihm die Abdrücke zum Nachschlüsselmachen gegeben. So gab es verschiedene Schlüssel zum Herauskommen, aber die Kammer war ideal. Sie war weit genug weg von den Zimmern der Erzieher, und man kam bequem über den Baum rein und raus."

„Und Sie wurden nicht verpfiffen?"

„Nein, wer mich erwischt hat, bekam ab und an den Schlüssel, so dass alle dichtgehalten haben."

„Das heißt aber …" Ich beendete den Satz nicht, denn die Bedeutung des eben Gehörten tröpfelte nur ganz langsam in mein Gehirn.

„Das bedeutet, dass ich schuld daran bin, dass in diesem Haus fünf Morde geschahen", sagte sie, und ich sah, dass sie sich eine Träne von der Wange wischte. „Wäre das Fenster nicht offen gestanden, hätte der Mann nicht einbrechen können. Alle Fenster im Souterrain sind vergittert, und alle anderen Fenster hatten ein Schloss, die Schlüssel bewahrten die Erzieher auf. Die Fenster wurden nur aufgeschlossen, wenn wir sie putzen mussten."

„Oh Gott! In den Akten habe ich nichts von einem Schlüssel an den Fenstern gelesen."

„Niemand hat etwas dazu gesagt, ich vermute mal, dass die Erzieher ein schlechtes Gewissen hatten, weil sie sich gegenseitig beschuldigten, das Fenster aufgelassen zu haben. Verletzung der Aufsichtspflicht oder so. Sie haben einfach unterstellt, dass ‚Tante' Luise vergessen hatte, das Fenster abzuschließen."

„Tante Luise?"

„Wir mussten unsere Erzieher Tante nennen."

„Niemand ist auf den Gedanken gekommen, dass die Heimbewohner abgehauen sein könnten?", fragte ich erstaunt.

„Ich habe in jener Nacht das Fenster nicht hinter dem Mann zugeschlossen. Vielleicht, weil ich zu verdattert war, dass ich jemanden in der Kammer getroffen habe, aber vielleicht auch, weil ich da schon ahnte, dass die Polizei sich in dem Haus würde umsehen müssen. Ich weiß es nicht mehr, aber ich weiß, dass ich das Fenster nicht hinter mir zugeschlossen habe. Es wurde jedenfalls mit Sicherheit nicht aktenkundig."

„Erstaunlich", fand ich.

„Ich fühle mich schon mein ganzes Leben lang schuldig, so schuldig, dass ich meinen Mann dazu überredet habe, das Haus zu kaufen. Wir hatten nie die Absicht, hier zu wohnen, es umzubauen oder es zu vermieten. Sie sehen ja, dass wir darin nichts verändert haben. Es ist für mich so eine Art Mausoleum, Tommy und Burghard, Uwe und Gabi wohnen immer noch hier. Ich habe hier meine Jugend verbracht. Niemals wäre ich auf die Idee gekommen, hier Partys zu veranstalten, das ist einfach nicht richtig. Das gehört sich nicht!"

„Wieso haben Sie es dann mir vermietet?", fragte ich. Die Alte war schon ein bisschen merkwürdig, fand ich.

„Weil Sie so eine nette junge Frau sind. Und ich dachte, vielleicht, wenn ich hier eine Heilpraxis unterbringe, dann, na ja, vielleicht könnte es das Haus heilen. Das hört sich jetzt blöd an, aber vielleicht wissen Sie, was ich meine."

Ich schüttelte den Kopf. „Das ist nicht fair, das ist wirklich nicht fair. Ich habe meine ganz Zukunft darauf gesetzt, hier eine gute Physiotherapie-Praxis aufzubauen. Sie hätten mir die Wahrheit sagen müssen!"

„Hätten Sie sich dann hier niedergelassen?"

Ich schüttelte nur den Kopf. Natürlich nicht. Ich verstand schon, aber verstand sie mich auch?

„Bitte, Sie dürfen dieses Haus nicht noch mehr besudeln. Das ist unrecht."

„Frau Schneidermann, ich habe ein großes Problem: Meine Kollegen und ich sind aus einer anderen Praxis in der Umgebung weggegangen. Wir waren uns sicher, dass unsere Patienten mit uns mitkommen. Aber unsere ehemaligen Patienten hier aus der Gegend, die sind nur einmal in das Haus gekommen, zur Eröffnung, weil sie neugierig waren. Und dann nie wieder. Wie Sie schon ganz richtig sagten: Es ist ein Mausoleum für Ihre Freunde. Das spüren die Menschen. Die wissen genau, was hier früher war. Es kommen nur die ganz Jungen zu uns, oder die Zugezogenen, aber eben nicht unser alter Patientenstamm. Ich habe schon zwei Mitarbeiter entlassen müssen, und ich verdiene einfach zu wenig, um unsere Festkosten zu decken. Und alle Investitionen, die ich hier getätigt habe, habe ich über Kredit bezahlt, ich habe einen stillen Gesellschafter, der mir das Kapital vorgeschossen hat und es nicht nur zurückhaben will, sondern auch am Gewinn beteiligt ist. Eine Praxis ohne Patienten kann ich nicht mal verkaufen. Was also glauben Sie, hätte ich tun sollen? Mein Gesellschafter hat mir sogar vorgeschlagen, hier ein SM-Bordell zu eröffnen."

„Ich verstehe, mein Kind. Warum haben Sie mich nicht angerufen?“

„Das habe ich doch. Sie haben gesagt, dass der Massenmord allgemein bekannt sei, und meiner Unwissenheit oder Blödheit die Schuld gegeben.“

Sie nickte. „Okay. Vorschlag zur Güte: Sie praktizieren hier ab sofort mietfrei, nicht für immer, aber so lange, bis sich die Praxis trägt. Ich verlasse mich da auf Ihre Fairness. Was halten Sie davon?“

„Aber dafür keine Partys, richtig?“

„Richtig“, sagte sie.

„Das hilft mir leider nicht sehr viel weiter. Schließlich muss ich auch meinen Lebensunterhalt verdienen.“

„Das wird schon. Sie werden sehen, ohne Miete wird es einfacher.“

„Wie sah er aus? Der Mörder, meine ich.“

„Das hat doch meine Freundin Ulrike zu Protokoll gegeben, es stand in jeder Zeitung. Er trug eine schwarze Pudelmütze, hatte graublaue oder graugrüne Augen, war mittelgroß, normale Statur und jung. Anfang bis Mitte zwanzig.“

„Keine auffälligen Kennzeichen?“

Sie zögerte. Warum zögerte sie?

„Es gab welche, von denen Ulrike nichts der Polizei erzählt hat?“

„Er hat meiner Freundin gedroht, dass er sie umbringt, wenn sie etwas sagt, was zu ihm führen könnte.“

„Was war es?“

Sie schüttelte den Kopf.

„Haben Sie den Mann später noch mal gesehen?“

Wieder schwieg sie.

„Also ja?“

„Wir sind uns nicht sicher.“

„Wer ist wir?“

„Meine Freundin Ulrike und ich.“

„Wurde Ulrike in dem Fall von der Sondereinheit Altfälle erneut befragt?“

„Ja, aber sie hat nichts anderes gesagt als vorher.“

„Sie hat also Angst um ihr Leben?“

„Ja, das hat sie, immer noch.“

„Was macht Ulrike heute?“, fragte ich.

„Sie sitzt bei Aldi an der Kasse. Und glauben Sie mir, sie schaut jedem ihrer Kunden ganz genau ins Gesicht.“

„In welchem Aldi arbeitet sie?“

„Am Schlachtensee.“

Ich nickte, den Markt kannte ich. „Der Mörder hat einfach Glück gehabt, dass alle DNA-Spuren, mit denen man mit den technischen Möglichkeiten von heute arbeiten könnte, vernichtet wurden. Sie werden ihn nie fassen, vermutlich ist er schon tot. Es ist sowieso ungewöhnlich, dass ein Mann in einer Nacht fünf Menschen unterschiedlichen Geschlechts umbringt und danach nie wieder in Erscheinung tritt. Also nicht nur ungewöhnlich, sondern sogar einzigartig.“

„Woher haben Sie denn diese Weisheit?“, fragte sie.

„Aus den Polizeiakten. Das hat ein Fallanalytiker dazu gesagt.“

„Die haben einen Fallanalytiker darauf angesetzt? Ich

lache mich tot. Der Mann lebt noch unter uns, glauben Sie mir."

„Sie haben ihn also gesehen."

„Wir sind uns nicht sicher, habe ich doch gesagt. Und es sind auch bestimmt nicht alle Spuren vernichtet."

„Wie bitte, es gibt noch Spuren? Von denen die Polizei nichts weiß?"

Sie zuckte die Achseln.

„Wieso gehen Sie damit nicht zur Polizei?"

„Wir sind eben nicht lebensmüde."

„Das ist Quatsch, das ist über vierzig Jahre her, der würde sich niemals erneut in Gefahr begeben. Der Fall ist so kalt wie der Schnee vom vergangenen Jahr!"

„Das müssen Sie schon meiner Freundin überlassen, genauso wie ich für mich entschieden habe, niemandem von meiner nächtlichen Begegnung zu erzählen. So, Kindchen, nun überlegen Sie sich, was Sie machen wollen."

Sie stand auf, ich ebenfalls. Ich bedankte mich nicht bei ihr, aber verabschiedete mich freundlich. War es ein Sieg oder eine Niederlage? Ich war mir nicht sicher.

## Gewissensprüfung

Was tun? Ich wusste nicht, ob ich lachen oder heulen sollte. Dabei hatte ich doch nur eine ordentliche Praxis für Physiotherapie eröffnen wollen, und plötzlich befand ich mich in einem Mausoleum für vor vierzig Jahren getötete Kinder. Was gingen mich diese Morde an? Was ging mich Frau Schneidermann an? Ich hatte so was von die Nase voll. Laut schreien, das war es, was ich jetzt am liebsten wollte. Aber Daniel war noch da und behandelte eine Patientin.

Eins konnte ich nach diesem Gespräch auf keinen Fall mehr: Lars die Bude für Partys vermieten. Mausoleum hin oder her, die Schneidermann hatte recht, diese Partys waren auch in meinen Augen geschmacklos.

Ohne die Miete hatte ich zwar ein wenig mehr Luft, aber das bezahlte noch nicht meinen Mietanteil zu Hause und mein Essen. Als Daniels Patientin endlich gegangen war, fragte er, wie es denn mit Frau Schneidermann gelaufen sei. Was sollte ich darauf sagen?

„Es wird keine Partys mehr geben."

Was dann folgte, damit hatte ich nicht gerechnet: Daniel bekam einen Wutanfall.

Dabei hätte ich es wissen müssen: Daniels Herz schlug

für diese Partys, für seinen Job als DJ bei Lars, für die Gothic-Szene.

Natürlich habe ich ihm nicht haarklein geschildert, was Frau Schneidermann mir – im Vertrauen, wie ich vermutete – erzählt hatte. Ich erklärte ihm nur, dass die Schneidermann selbst mal hier gelebt hatte und die toten Kinder ihre Mitbewohner gewesen waren. Und dass das Haus für sie ein Mausoleum war. Aber das reichte schon: Daniel kündigte. Und zwar fristlos.

Als die Tür hinter ihm ins Schloss fiel, konnte ich die Tränen nicht länger zurückhalten. Ich fühlte mich so mutterseelenallein wie noch nie in meinem Leben. Heulend brach ich hinter meinem Empfangstresen zusammen. Nachdem ich die Schreibunterlage komplett durchnässt hatte, schnappte ich mir ein paar Papiertücher und ein Handtuch und machte mich im Bad sauber. Seltsamerweise war es wirklich ein Gefühl von Reinigung.

Jetzt war ich allein auf mich angewiesen, die letzten Fitzelchen meiner Illusionen waren soeben über Bord geflogen, und ich hatte auch zum ersten Mal nicht das Gefühl, dass ich unbedingt die Hilfe von meinem immerhin sechs Jahre älteren Lebensgefährten Alex brauchte. Ich würde das selbst durchstehen.

Schultern straffen, Krönchen richten und lächelnd raus in die Welt, sagte ich mir, als ich die Eingangstür hinter mir abschloss. Ich setzte mich in meinen altersschwachen Micra und fuhr zum Schlachtensee. Schließlich musste ich für das Abendbrot einkaufen.

Im Auto fiel mir ein, dass ich keine Ahnung hatte, wie Ulrike heute hieß. Ich hätte die Schneidermann danach fragen sollen. Als ich durch den Grunewald fuhr, wurde mir mehr und mehr bewusst, mit was für einer Last auf ihrem Gewissen die Schneidermann über vierzig Jahre hatte zurechtkommen müssen. Wie lebt man mit so einer Schuld, auch wenn sie natürlich niemals beabsichtigt hatte, dass ihre Mitbewohner getötet wurden? Vielleicht hätte ein winziges Detail über das Aussehen des Täters, das Ulrike wohlweislich verschwiegen hat, der Polizei helfen können, den Täter zu schnappen.

Als ich auf dem Aldi-Parkplatz vorfuhr, schalt ich mich eine dreidämliche Idiotin. Wieso mischte ich mich eigentlich ein, was hatten mich Ulrike und ihre Geschichte zu interessieren? Glaubte ich etwa, ich sei schlauer als die schlauesten Polizisten, die Berlin zu bieten hatte?

Aber es war, als ob eine unsichtbare Kraft mich vorwärtstrieb. Ich wollte die Wahrheit herausfinden, nichts als die reine Wahrheit. Lene Völske befand sich auf dem Kriegspfad. Im Moment als Späherin im Einsatz, sagte ich mir, als ich entschlossen einen Einkaufswagen griff.

Ich bestückte ihn mit Kaffee, Filtertüten, Ciabatta und Tomaten, lud zwei Flaschen Chardonnay und Butter dazu und schaute mir die Schlangen vor den Kassen an. An der hinteren Kasse saß eine ältere Frau. Wenn mir das Glück hold war, dann war das Ulrike.

Beim Warten packte ich noch ein Paket Wischlappen und Zahnpasta ein. Als ich endlich dran war und meine Einkäufe auf das Förderband packte, wusste ich nicht, wie ich das Gespräch beginnen sollte. Merkwürdigerweise hatte ich auf dem Weg zum Schlachtensee über das Seelenleben von Frau Schneidermann sinniert, aber nicht eine Sekunde daran gedacht, was ich von Ulrike eigentlich wollte und wie ich das Kennenlernen bewerkstelligen sollte. Deshalb musste ich jetzt improvisieren. Ich schaute der Frau auf den Busen, wo ein Schild mit ihrem Namen angebracht war. Drauf stand Jentsch. Ich schaute sie an, dann wieder auf das Schild, und dann ließ ich einfach einen Versuchsballon steigen: „Ulrike? Sie sind doch Ulrike Bender, oder?"

Die Frau sah mich verdattert an. „Kennen wir uns?"

„Winklerstraße", sagte ich, so neutral wie möglich.

„Ach. Ehrlich? Und wer sind Sie?"

„Ich komme von Petra. Ich muss Sie sprechen. Wann haben Sie Feierabend?"

„Um acht."

„Haben Sie kurz Zeit für mich? Dann warte ich bei *Bernsteiners* auf Sie."

Die Frau nickte und zog meine Einkäufe über das Kassenband. „Okay", sagte sie, als ich ihr meine Kreditkarte hinhielt.

„Lene Völske?" Der Name sagte ihr offensichtlich nichts.

„Von Petra Schneidermann", sagte ich. „Acht Uhr?"

„Acht Uhr zehn", sagte sie.

Ich schob meinen Einkaufswagen hinaus und belud meinen Micra. Es war erst halb acht, ich ging zu dem Bistro, das direkt gegenüber lag, und setzte mich draußen vor die Tür. Von hier aus hatte ich den Parkplatz und den Ausgang von Aldi gut im Blick.

Sie kam pünktlich. Als sie sich dem Bistro näherte, hatte ich die Gelegenheit, Ulrike Bender, verheiratete oder geschiedene oder verwitwete Jentsch, zu betrachten. Dass das Leben zu der Frau nicht gerade nett gewesen war, sah man ihr an: Sie brachte mindestens fünfzehn Kilo zu viel auf die Waage, und ich hätte sie ohne zu zögern auf Mitte siebzig geschätzt. Ihre Aufmachung trug wesentlich dazu bei, dass sie so alt aussah, denn ihr Gesicht war viel zu gut gepolstert, als dass es allzu faltig wirkte. Sie trug eine Haarfrisur, die meine Oma abgelehnt hätte, und ich fragte mich, ob es tatsächlich noch Friseure gab, die ihren Kundinnen Dauerwellen verabreichten. Dazu waren ihre Haare schlecht dunkelblond gefärbt, der weiße Ansatz war bestimmt vier Wochen drüber.

Zögernd kam sie auf meinen Tisch zu. Ich war aufgestanden und bat sie, Platz zu nehmen.

„Ick hab aber nich lange Zeit."

„Was darf ich Ihnen zu trinken bestellen?", fragte ich. Während ich gewartet hatte, hatte ich vor Nervosität einen Burger verschlungen.

„Eine Cola", sagte sie.

Ich gab die Bestellung weiter.

„Wer sind Sie?", fragte Ulrike.

„Ich habe von Frau Schneidermann die Villa in der Winklerstraße gemietet."

„Und wat jeht mich dit an?", fragte sie. Berechtigt, wie ich zugeben musste.

„Sie sind außer Frau Schneidermann die einzige Zeugin, die den Mörder gesehen hat."

„Das hat sie Ihnen erzählt?"

„Hat sie. Und ich war auch bei der Polizei und habe Akteneinsicht bekommen."

„Hört denn dit nie uf? Es interessiert mich nicht mehr. Liebe Güte, lasst die Toten ruhen, dit is über vierzig Jahre her."

„Aber die Morde sind nie gesühnt worden, der Mörder läuft noch frei herum. Und ich weiß, dass Sie mithelfen könnten, das zu ändern."

„Sind Sie verrückt geworden? Ick, wieso denn ick?"

„Weil Sie damals nicht alles der Polizei erzählt haben, nicht wahr?"

„Ick bin doch nich lebensmüde. Mädelchen, dit schlagen Se sich mal schön ausm Kopp. Wissen Sie eigentlich, wat Todesangst ist? Nee, Sie wissen dit nich, dazu sind Se viel zu behütet uffjewachsen."

„Was wissen Sie, wie ich aufgewachsen bin?"

„Sieht man doch", sagte sie.

„Wollen Sie denn nicht, dass der Mord an Ihrer Zimmergenossin gesühnt wird? Oder an den beiden kleinen Jungs aus dem Erdgeschoss?"

„Is mir wurscht, die machen meine Aussagen och nich wieder lebendig."

„Haben Sie den Mörder in den letzten Jahren gesehen?"

Sie schloss die Lippen und schaute angelegentlich auf den Tisch, während sie einen imaginären Fleck wegrieb.

„Wat jeht Sie der janze Scheiß überhaupt an?"

„Ich werde wohl bis an mein Lebensende dafür büßen müssen, dass ich dieses Haus gemietet habe. Meine Patienten machen einen weiten Bogen darum. Die einzige Möglichkeit, die ich hatte, um Geld zu verdienen, war, das Haus an einen Partyveranstalter zu vermieten. Frau Schneidermann ist leider ausgeflippt. Das sei ein Mausoleum, hat sie gesagt. Also, wenn ich schon an dieses Haus gefesselt bin, weil mir die finanziellen Mittel fehlen, mich woanders niederzulassen, dann möchte ich wenigstens wissen, wie der Kerl ausgesehen hat. Es ist nicht auszuschließen, dass er ab und zu das Haus immer noch aufsucht. Deshalb möchte ich wenigstens wissen, woran ich ihn erkennen könnte."

„Und wat hab ick damit zu schaffen?", fragte Frau Jentsch.

„Außerdem hat Frau Schneidermann angedeutet, dass Sie vielleicht etwas hätten, womit man ihn heute noch identifizieren könnte", fuhr ich unbeirrt fort.

„Blöde Kuh", murmelte Ulrike Jentsch. Ich fragte mich, ob sie die Schneidermann meinte oder mich. Sonst sagte sie nichts.

„Ist es richtig, dass der Mann anders aussah, als Sie ihn beschrieben haben?", insistierte ich.

„Ick jeh jetzt, ick will damit nüscht mehr zu tun haben", sagte Ulrike und stand auf.

„Bitte, sagen Sie mir wenigstens, worauf ich achten muss", bat ich sie.

„Leck mich", waren die letzten Worte, die ich von Ulrike hörte, bevor sie mit wehendem Cardigan und geblähten Nüstern Richtung S-Bahn verschwand.

Das war nun gründlich schiefgegangen. Aber was hatte ich erwartet? Dass sie mir brühwarm erzählen würde, wie der Mann aussah und was sich in ihrem Besitz befand, das ihn identifizieren könnte?

Frustriert bezahlte ich die Rechnung.

## Alex

„Was hast du dir nur dabei gedacht? Warum hast du mich nicht angerufen?“ Alex war sauer.

Was sollte ich dazu sagen? Dass ich ihn nicht hatte anrufen wollen? Dass ich etwas auf meine Art machen wollte? So, wie ich es für richtig hielt. Dass ich mich plötzlich stark gefühlt habe, dass ich meinte, genau zu wissen, was richtig und der nächste Schritt war. Das konnte ich ihm ja schlecht sagen.

„Und jetzt?“, fragte ich ein wenig forscher, als mir zumute war.

„Jetzt rechnest du das Ganze noch mal durch. Die Schneidermann hat dich gebeten, keine Partys mehr zu veranstalten. Warum hast du sie nicht im Gegenzug auch um Hilfe gebeten?“, fragte Alex.

„Wie meinst du das? Sie hat mir doch immerhin die Miete erlassen.“

Aber selbst bei nur kurzem Nachdenken wurde mir klar, dass die Schneidermann mit ihrer Lebensbeichte mich in die moralisch denkbar schlechteste Ausgangsposition manövriert und ich ihren Bitten nichts entgegengesetzt hatte.

„Hätte ich sagen sollen: Okay, ich verstehe, kein Problem, Sie entlassen mich mit sofortiger Wirkung aus dem Mietvertrag und geben mir meine Kaution umgehend wieder, und ich veranstalte in Ihrem Mausoleum keine Partys mehr?"

„Genau so", sagte Alex.

Ich schaute ihn lange an: meinen Freund, meinen Lebenspartner, meine große Liebe, mein Fels in der Brandung. Und zum ersten Mal musste ich feststellen, wie verschieden wir doch waren. Ich konnte nicht pokern, Ansprüche anmelden war einfach nicht mein Ding, vielleicht fehlten mir dafür die Ellenbogen oder das Körnchen Abgebrühtheit, das man wahrscheinlich als Unternehmerin braucht, um erfolgreich sein zu können. Ich war viel zu weich, zu ängstlich, und auf meinem Gesicht konnte man jede Gemütsregung lesen wie auf einem Beipackzettel. Ich versuchte, es ihm genauso zu sagen.

„Quatsch. Du bist einfach noch zu jung, das wird schon."

Ich war mir nicht sicher, ob ich wirklich wollte, dass das wird. Denn eigentlich fand ich mich ganz okay, so wie ich war.

„An deiner Stelle würde ich der Polizei einen Tipp geben", sagte Alex.

„Und das Vertrauen von der Schneidermann missbrauchen?"

„Sie hat dein Vertrauen auch missbraucht, indem sie dir das Haus vermietet hat, schon vergessen?"

„Nein, das geht nicht, das ist nicht fair."

„Du willst doch raus und die Kaution wiederhaben, oder nicht?"

„Ich weiß nicht, ja, wahrscheinlich."

„Na, dann musst du schon mit harten Bandagen kämpfen", sagte er. „Stell'e die Alte vor die Wahl: Entweder Kaution zurück und raus, oder du informierst die Polizei."

„Alex, das ist Erpressung!"

„Erst kommt das Fressen, dann kommt die Moral!"

## Physiotherapie

Mir blieb im Moment nichts anderes übrig, als business as usual zu machen. Ich hatte jetzt alle Termine von Sandra, Florian und Daniel auf mich übertragen und meine eigenen paar Patienten dazu, so dass ich fast ausgelastet war. Vielleicht war es mein Glück, dass alle gekündigt hatten, ich hatte dadurch zwar viel zu große Räume und viel zu viel Equipment, aber ich hatte Arbeit und zumindest ein Einkommen. Wobei ich erst mal die anteiligen Gehälter meiner Ex-Mitarbeiter und die Sozialleistungen berappen musste. Aber nachdem ich hin und her gerechnet hatte, stellte ich fest, dass ich das wohl schaffen würde. Alex hatte mir angeboten, meinen Teil der Miete für unsere Wohnung zu übernehmen, und „das bisschen, was du isst, gebe ich dir gern von mir ab“. Eigentlich wollte ich das nicht, ich wollte es aus eigener Kraft schaffen.

Schließlich hatte ich erkannt, dass ich im Moment gar keine Alternative hatte, als erst mal weiter in diesem Mausoleum zu schuften, bis ich mir eine andere Praxis mit neuen Mitarbeitern anschaffen konnte. Erpressung, so wie Alex es mir vorgeschlagen hatte, war einfach nicht mein Stil.

Meine erste Patientin an diesem Morgen war Frau Lauterbach, die sich mal wieder verspätet hatte. Was gut so war, denn dadurch war ich am Telefon, als eine Frau Markgraf fragte, ob es noch freie Termine für sie und ihren Mann gäbe.

„Nicht gleichzeitig", sagte ich, aber das wollte Frau Markgraf auch gar nicht.

„Ich kann tagsüber, mein Mann kann nur abends, bis wann haben Sie denn geöffnet?"

*Wenn es sein muss, dann arbeite ich die ganze Nacht*, dachte ich, aber das sagte ich ihr natürlich nicht. Ich verabredete sechs Termine mit der Frau für die Vormittage und sechs Abendtermine für den werten Gatten.

Dann endlich kam Frau Lauterbach, und mein Krankengymnastik-Marathon konnte beginnen.

Am späten Nachmittag kam Michael Schwedt, der pensionierte Kommissar, der damals die Morde im Haus der zwanzig Kinder untersucht hatte. Ich teilte ihm mit, dass er nun leider mit mir vorliebnehmen müsse, weil mein Kollege gekündigt hatte.

„Chefinnenbedienung ist doch sowieso die beste", sagte er. Na, wenigstens das ging glatt.

Ich verfrachtete den Mann in den Raum, in dem Luise Tegge vor über vierzig Jahren ihr Leben lassen musste. Er zog sich aus und legte sich auf die Liege.

Ich fragte ihn, wo er denn Beschwerden habe.

„Im Moment tut mir mein Herz weh", sagte er. „Sie wissen, wer in diesem Raum starb?"

„Ja“, sagte ich, „Luise Tegge.“

„Ich bewundere Ihren Mut, dass Sie in diesen Räumen eine Physiotherapie eröffnet haben.“

„Wenn ich gewusst hätte, was hier passiert ist, hätte ich mich garantiert nicht hier niedergelassen.“

„Das hat Ihnen der Besitzer nicht erzählt?“

„Nein, ich habe das Haus von Frau Schneidermann gemietet, zu einem sagenhaft günstigen Preis. Ich hätte wohl stutzig werden sollen, aber ich war zu naiv und gutgläubig. Wer will schon in eine Praxis für Physiotherapie in einem Haus, in dem fünf Menschen ermordet wurden.“

„Oh je, das ist natürlich bitter für Sie. Hatten Sie nicht letztens hier eine Party veranstaltet?“

„Ja, ich hatte die Räume für Partys untervermietet, aber meine Vermieterin hat es mir inzwischen verboten.“

„Wieso das denn?“

„Sie fand es unschicklich. Das Haus ist ihr Mausoleum. Ich habe ein verdammtes Mausoleum gemietet“, sagte ich tonlos.

„Wieso denn Mausoleum?“

„Es ist ihr Andenken an die Toten.“

„Was ist das denn für ein Quatsch, die Frau lässt das Haus verfallen als Andenken an Tote, die sie gar nicht kennt?“

„Doch, sie kennt sie, sie war mal selbst …“ In dem Moment fragte ich mich, wem es eigentlich schaden würde, wenn ich ihr Geheimnis verraten würde. Außer mir selbst, würde Alex sagen, weil ich damit mein Druckmittel gegenüber der Schneidermann freiwillig aus der Hand gab.

„Wie bitte, sie kennt die Verstorbenen? Die Besitzer sind doch Russen, soweit ich weiß", sagte Schwedt.

„Der Mann ist Russe, Frau Schneidermann war als junges Mädchen in diesem Heim, sie ist eine Freundin von Ulrike, der überlebenden Jugendlichen."

„Ach nee, das ist ja interessant."

„Sie wussten es also nicht?"

„Nein, wir haben uns auf unsere einzige Zeugin konzentriert. In diesem Fall Ulrike. Obwohl das so gar nichts gebracht hat", sagte Schwedt.

„Wie lange haben Sie an diesem Fall gearbeitet?"

„Fast mein ganzes Berufsleben lang. Ich war ein junger Kommissar, noch grün hinter den Ohren, als ich an jenem eiskalten Februarmorgen angerufen wurde. Ich hatte Bereitschaftsdienst und gehofft, an diesem Tag meine kleine Tochter in den Kindergarten bringen zu können, weil meine hochschwangere Frau zum Arzt musste.

Nichts und niemand hatte mich auf das Grauen vorbereitet, das mich hier erwartet hat. Am schlimmsten waren die beiden kleinen Jungs. Wie der eine Kleine dalag, mit verrenkten Gliedern, die kleinen Hände zu Fäusten verkrampft. Es war, als ob eine eiskalte Hand sich um dein Herz legt und es einfach zerdrückt. Aber der Täter muss Reue verspürt haben, was angesichts der Blutlache auf dem Boden kaum zu glauben ist. Er hat den einen kleinen Jungen ganz ordentlich zugedeckt. Wir haben anfangs versucht zu ermitteln, ob es eine Beziehung zwischen dem Täter und dem kleinen Jungen gegeben hat. Aber wir haben nichts gefunden, was darauf hinwies."

„Wie furchtbar", sagte ich und begann, den Nacken des Mannes zu massieren.

„In all den Jahren, die ich bei der Mordkommission war, habe ich nie wieder etwas so Grausames gesehen wie in diesem Haus. Ich habe Morde aus Leidenschaft gesehen, Morde aus Geldgier, Morde aus Hass, ja, auch Kinder, die aus sexuellen Motiven ermordet wurden. Aber hier hat ein Mensch sinnlos und bestialisch das Leben von fünf Menschen beendet. Eiskalt. Gefühllos. Wahllos."

„Man hat nie ein Motiv gefunden?"

„Es gab keins. Mordlust. Das ganze Blut von dem Jungen, dem der Mörder auf der engen Toilette mit einem gezielten Schnitt die Kehle durchtrennt hat, es sickerte durch den Türspalt. So war die Morgenschicht überhaupt auf die Morde aufmerksam geworden. Und dann das junge Mädchen, oben im ersten Stock, das in der Ecke ihres Bettes kauerte, ihren Stoffbären ganz fest an sich drückte, sich vor und zurück wiegte und gebetsmühlenartig vor sich hin flüsterte, ich sag nichts, ich sag nichts, ich sag nichts. Das war alles, was wir am Anfang aus ihr herausbekommen haben. Dabei war sie die Einzige, die uns hätte helfen können."

Ich musste schlucken, denn ich wusste es besser.

„Wir waren immer überzeugt, dass Ulrike gelogen hat."

„Wie kommen Sie denn darauf?"

„Weil die Beschreibung, die das Mädchen gegeben hat, auf Millionen Männer zutraf. Es war so ein Gefühl, ich war mir immer sicher, dass der Kerl gedroht hat, Ulrike umzubringen, wenn sie die Wahrheit sagt."

Was sollte ich darauf antworten. Der alte Kriminaler hatte wohl einen sehr guten Instinkt.

„Können Sie sich erklären, warum alle sichergestellten Beweisstücke verschwunden sind?“, fragte ich.

„Ja klar, damals dachte doch niemand daran, dass es mal möglich sein würde, aus einem Laken die DNA eines Täters zu ermitteln.“

„Es sind ja nicht nur die Laken vernichtet worden.“

„Stimmt, wir haben die Beweisstücke in all den Jahren immer wieder angefordert und zu den Kollegen von der Kriminaltechnik bringen lassen. Aber bei diesem ganzen Hin und Her sind die dann wohl peu à peu auf der Strecke geblieben.“

„Was wäre denn gewesen, wenn die Laken nicht vernichtet worden wären, würde man denn nach so langer Zeit noch ein DNA-Profil erstellen können?“

„Wahrscheinlich ja, Sie glauben gar nicht, was heutzutage technisch alles möglich ist. Aber die Dinger sind nun mal weg.“

Ich konnte mir sehr gut vorstellen, wie es an diesem pensionierten Kommissar nagen musste, dass er einen so schrecklichen Massenmord in seiner ganzen Amtszeit nicht hatte aufklären können. Diese Geschichte ließ ihn offenbar nicht ruhen, ich war mir sicher, dass es genau das war, was ihn in meine Praxis getrieben hatte.

Wenn ich es richtig bedachte, gab es eigentlich nur einen, der zuallererst ein Anrecht auf die Wahrheit hatte: Michael Schwedt. Er hatte Jahrzehnte erfolglos damit verbracht, den Mörder zu stellen. Wenn sie ihn noch kriegen konnten, wäre es nur recht und billig, wenn Schwedt dazu beitragen könnte und nicht die Sondereinheit.

Ich überlegte, wie ich ihm ein Signal geben konnte, dass da eventuell noch etwas zu holen war. „Was wäre denn, wenn heute noch ein Beweisstück mit irgendwelchen DNA-Spuren auftauchen würde, könnte man den Besitzer damit jetzt noch identifizieren?"

„Das wäre zu schön, um wahr zu sein. Wieso fragen Sie?"

„Ach, nur so."

„Sie haben einen Grund zu fragen. Sagen Sie bloß, Sie haben von der Besitzerin dieses Etablissements etwas Diesbezügliches gehört?"

„Sie hat so eine Andeutung gemacht", sagte ich. „Die Frauen sind wohl überzeugt, dass der Täter noch lebt."

„Die Frauen?"

„Ulrike und Petra Schneidermann."

„Wie kommen sie darauf?"

„Sie glauben, ihn gesehen zu haben."

„Ich sollte mich wohl mal mit dieser Petra Schneidermann unterhalten. Wissen Sie, wie die Frau mit Mädchennamen hieß?"

„Keine Ahnung. Aber es könnte ja sein, dass sie Ihnen eine Beschreibung des Täters geben kann. Natürlich nur, wie er damals ausgesehen hat. Vielleicht traut sie sich ja jetzt, die Wahrheit zu sagen."

„Wollen Sie mir sagen, dass die Frauen immer noch Angst haben?"

„Genau das will ich sagen. Ich habe versucht, mit Ulrike Jentsch zu reden, die Frau ist immer noch in Panik.

Aber ich bin mir sicher, dass der Täter ein bestimmtes Kennzeichen hat, mit dem man ihn heute noch erkennen könnte. Leider haben weder sie noch die Schneidermann es mir verraten."

„Aber die Schneidermann hat doch gar nichts gesehen. Keines der Kinder beziehungsweise der Jugendlichen haben damals etwas gesehen."

„Es war ein Fürsorgeheim. Es soll da wohl Mädchen gegeben haben, die nachts abgehauen sind", sagte ich. Sollte er sich doch selbst einen Reim darauf machen.

„Aua", jaulte er auf. Ich hatte offenbar einen wunden Punkt bei ihm berührt.

Schwedt setzte sich auf. „Seien Sie bloß vorsichtig", sagte er. „Das, was Sie mir eben durch die Blume bedeutet haben, könnte Sie, wenn es auf die falschen Ohren trifft, in Gefahr bringen."

„Ich weiß doch gar nichts."

„Offensichtlich wissen Sie mehr als ich." Es klang frustriert.

„Das habe ich nicht gesagt", sagte ich.

„Nein, aber ich habe das verstanden", sagte er und stand von der Liege auf. „Danke, Frau Völske. Passen Sie auf sich auf!"

## Patientengespräche

Es gibt zwei Arten von Patienten: die, die alles stumm über sich ergehen lassen und auf Fragen mit einem bejahenden oder ablehnenden Brummen antworten, und solche, mit denen man sich vom Wetter über asiatische Küche bis hin zu Baumschulmaßnahmen über so ziemlich alles unterhalten kann. Professor Dr. Clemens Hochberger, der pensionierte Fallanalytiker, gehörte zu Letzteren. Sollte ich ihn auf den Fall ansprechen, fragte ich mich, ließ es aber dann doch bleiben. Wenn er sich dazu äußern wollte, dann würde er sich schon melden.

Am Dienstag kam zum ersten Mal Frau Markgraf zu mir, das war die Dame, die sowohl für sich als auch für ihren Ehemann Termine reserviert hatte. Frau Markgraf war eine temperamentvolle kleine Frau mit Asthma, einem erfrischenden Lachen und losem Mundwerk. Ich hatte den Eindruck, dass die Frau damit ihre Krankheit versuchte zu kaschieren, und hoffte, dass ich ihr mit der Atemtherapie ein bisschen helfen konnte. Auf jeden Fall lachten wir während ihrer ersten Therapiestunde mehrmals herzhaft, was in meinem Beruf ziemlich selten ist. Natürlich hatte ich Frau Markgraf dabei sofort ins Herz geschlossen und war gespannt auf ihren Mann, der noch am selben Abend zur manuellen Therapie bei mir auflaufen sollte.

So freundlich und zugewandt Elvira Markgraf war, so steif stellte sich Peter Markgraf an. Außer einem unterdrückten Stöhnen gab er keinen Laut von sich. Solange er eine Brille auf der spitzen Nase trug, musste ich unwillkürlich an *Schneider meck, meck, meck* von Wilhelm Busch denken. Allerdings machte er den Eindruck, als ob er zum Lachen in den Keller gehen würde, er hatte eine düstere Ausstrahlung. Wie gut, dass er so eine lustige Person wie Elvira zur Seite hatte, dachte ich mir und bearbeitete seinen Rücken.

Langsam füllte sich mein Terminkalender, und ich wurde ein wenig ruhiger. Nicht, dass ich jetzt kostendeckend arbeitete, aber es ging aufwärts. Es meldeten sich immer mehr neue Patienten an, mein stiller Teilhaber schickte mir alles, was nicht bei drei auf den Bäumen war.

Allerdings hatte der Vorteil, nur noch für mich selbst sorgen zu müssen, auch einen erheblichen Nachteil. Ich war allein in der Praxis, allein in diesem riesigen und, ehrlich gesagt, auch unheimlichen Haus. Natürlich schloss ich die Tür bei jeder Behandlung hinter mir zu und stellte das Telefon auf Anrufbeantworter. Trotzdem lauschte ich immer auf irgendwelche Geräusche, ein Ohr war stets Richtung Haus gerichtet.

Alex meinte, ich solle jetzt nicht paranoid werden, so etwas wie verfluchte Häuser gäbe es nicht. Als ob ich das nicht selbst wusste, trotzdem war mir das Haus nicht ganz geheuer.

Ich fragte mich, warum die Schneidermann das Haus nicht an irgendwelche Ärzte vermietet hatte, wenn sie schon wollte, dass es „geheilt“ werden sollte. Aber wahrscheinlich waren die Ärzte nicht so dämlich wie ich, sich auf so ein Projekt einzulassen.

Wenn ich abends nach Hause kam, hatte ich zu gar nichts mehr Lust. Ich schmiss mich auf das Sofa und zappte durch die TV-Kanäle, und es kam nicht selten vor, dass ich dabei einschlief.

Eines Abends zeigte sich beim Zappen plötzlich das Bild einer Frau auf dem Bildschirm, die mir bekannt vorkam.

## Raubmord in Staaken

Heute wurde in Berlin-Staaken die 60-jährige Ulrike Jentsch ermordet in ihrer Wohnung im Pillnitzer Weg 27b aufgefunden. Es werden Zeugen gesucht, die Ulrike Jentsch am vergangenen Dienstagabend gesehen oder Kontakt zu ihr gehabt haben, teilte die Polizei mit.

Nach ihren Angaben war die Getötete am Dienstagabend von ihrer Arbeitsstelle in Berlin-Schlachtensee mit der S7 bis Westkreuz gefahren, dort umgestiegen auf die S3 und hat den Bus 137 bis zur Haltestelle Reimerweg genommen. Von dort soll sie am vergangenen Dienstag nach 19 Uhr zu Fuß nach Hause gegangen sein – ein Weg von rund vier Minuten. Sie trug dunkelblaue Leggins, blaue Ballerinas und eine Bluse mit einem auffälligen blau-weißen Blumenmuster. Wann sie zu Hause ankam, ist nicht bekannt. Wer hat Ulrike Jentsch an diesem Abend, eventuell in Begleitung, gesehen?

Bekannte hatten Ulrike Jentsch bei einer Skatrunde vermisst, zu der sie am Dienstagabend verabredet gewesen waren. Als die 60-Jährige auch am Mittwoch sich weder bei Freunden noch bei ihrer Arbeitsstelle gemeldet hatte, öffnete die Feuerwehr ihre Wohnungstür.

Die Obduktion der Polizei ergab tödliche Verletzungen an Kopf und Oberkörper. Die Wohnung der Frau, in der sie allein lebte, war durchwühlt, es fehlten sowohl ihr Portemonnaie als auch ihre Brieftasche. Die vierte Mordkommission hat den Fall übernommen.

Wer Hinweise zu den Geschehnissen in ihrer Wohnung am Dienstagabend geben kann, wer Fremde in der Umgebung ihrer Wohnung in dem Hochhaus gesehen hat, wird gebeten, sich an das Landeskriminalamt Berlin zu wenden. Die Mordkommission nimmt auch vertrauliche Informationen unter der Telefonnummer 030/4664 9118887 entgegen.

## Albträume

Ich sprang von der Couch und rief nach Alex, der in der Küche Spaghetti vorbereitete. „Stell dir vor, Ulrike Jentsch wurde ermordet!"

„Wer ist das denn?", fragte er nur mäßig interessiert.

„Na, die Frau, die ich neulich getroffen habe, die in der Villa als Jugendliche vergewaltigt wurde!"

„Manche Menschen scheinen das Unglück abonniert zu haben", sagte er seelenruhig, während er laut mit Töpfen klapperte.

„Wenn das nun der Mörder war, Alex, wenn ich den Mann auf ihre Spur gelenkt habe!", sagte ich auf dem Weg in die Küche.

„Quatsch, wieso solltest du den Mörder zu der Frau gelenkt haben, du kennst den doch überhaupt nicht."

„Und wenn der mich nun verfolgt hat?"

„Wieso sollte dich einer verfolgen, der vor über vierzig Jahren ein paar Menschen getötet hat? Du hast doch damit gar nichts zu tun!"

„Aber, wenn der nun was gehört hat. Vielleicht in dem Bistro?"

„Lene, jetzt werd nicht hysterisch. Du hast mir gesagt,

du glaubst, dass die Frauen den Mörder wiedergesehen haben, also hätte die – wie hieß sie doch gleich?“

„Ulrike“, warf ich ein.

„Dann hätte diese Ulrike ihn doch sofort erkannt. Also hör auf zu spinnen.“

„Ich habe aber ein schlechtes Gefühl.“

„Du und deine Gefühle“, murmelte mein Liebster und rührte die Bolognese um. „Hier, probier mal, fehlt noch was?“, fragte er mich.

„Ich will nicht“, sagte ich brüsk und ging zurück ins Wohnzimmer. Egal, was Alex meinte, mein Bauch sagte mir, dass der Mord von Ulrike Jentsch durchaus etwas mit dem Mordfall im Haus der zwanzig Kinder zu tun hatte.

Während des Abendessens versuchte mich Alex aufzumuntern, wir machten Pläne für das Wochenende, aber ich war nur mit halbem Herzen bei der Sache.

Mitten in der Nacht weckte mich Alex auf. „Hey, hallo, Süße, was ist?“

Ich hatte einen schrecklichen Albtraum gehabt.

„Du hast laut geschrien, ist alles okay mit dir?“, fragte Alex.

Ich kuschelte mich in seine Arme, aber fand in dieser Nacht nur noch einen unruhigen, flachen Schlaf, aus dem ich immer wieder aufschreckte.

## Freunde und Feinde

Nach dieser Albtraumnacht hatte ich es eilig, in die Praxis zu kommen. Ich sprang nur schnell unter die Dusche und verzichtete auf das Frühstück. In meinem Bauch schien sich ein Schmetterlingsschwarm eingenistet zu haben. Ich wusste mit tödlicher Sicherheit, dass der Mord an Ulrike etwas mit dem Haus der zwanzig Kinder zu tun hatte – und dass noch etwas Schlimmes passieren würde.

Aber als ich das riesige Haus aufschloss, war alles wie immer. Draußen zwitscherten die Vögel, der mühsam von Alex und seinem Gärtnerkumpel angelegte Rasen im Vorgarten musste dringend mal wieder gemäht werden. Ich kontrollierte meine Praxisräume, öffnete wie jeden Morgen die Fenster, um zu lüften, und fuhr meinen Computer hoch, um mir die Termine des Tages anzuschauen. Einem Impuls folgend nahm ich das Telefon und rief Petra Schneidermann an.

„Haben Sie gehört, dass Ulrike Bender alias Jentsch ermordet wurde?“, fragte ich sie.

„Nein!“ Sie schrie: „Wo? Wie? Wieso?“

„Kaufen Sie sich eine Zeitung, da steht das bestimmt drin. Vielleicht wegen des Falls von damals. Sie haben mir doch selbst erzählt, dass sie wusste, dass der Täter anders aussah. Und dass sie etwas besaß, was den Täter vielleicht heute noch identifizieren könnte."

„Wem haben Sie von unserem Gespräch erzählt?", fragte sie mich.

„Niemandem", log ich. „Nein, das stimmt nicht, ich habe es natürlich meinem Freund erzählt."

„Niemandem sonst?"

„Nnnein", sagte ich zögernd.

„Also doch! Verdammt! Ist Ihnen nicht klar, dass Sie uns alle in Gefahr bringen?"

„Warum gehen Sie nicht zur Polizei? Schließlich wissen Sie etwas und könnten helfen, den Mord an Ihren Freunden aufzuklären. Wollen Sie nicht, dass der Täter gefunden wird?"

„Mein liebes Kind, Sie wissen nicht, was Sie reden. Denken Sie einfach mal gut nach, vielleicht kommen Sie ja selbst auf den Gedanken, warum wir auch später nicht zur Polizei gegangen sind. Wir beide werden schön die Füße stillhalten, haben Sie mich verstanden?"

„Sie wollen mir drohen, ja?"

„Nein, ich drohe Ihnen nicht, ich warne Sie nur. Benutzen Sie verdammt noch mal Ihren Verstand."

Sie legte auf, ohne sich zu verabschieden. Ich überlegte gerade, was ich an die Wand werfen konnte, als Frau Markgraf zu ihrer Atemtherapie eintrudelte. Ich musste mich gewaltig zusammenreißen, ihr nicht zu zeigen, dass ich auf hundertachtzig war.

Ich hatte die Frau richtig ins Herz geschlossen.

Sie erzählte von ihrem Urlaub auf Sylt, der, wenn man

ihre Worte für voll nahm, eine einzige Abfolge von Katastrophen gewesen war. „Wir sind froh, endlich wieder zu Hause zu sein."

„Ihr Mann ist ja nicht so lustig drauf wie Sie", sagte ich zu ihr.

„Der ist mehr der Schweigsame von uns beiden, was auch gut so ist, so komme ich wenigstens mal zu Wort. Er hat ja auch keinen wirklich lustigen Job."

„Was macht Ihr Mann denn beruflich?"

„Er ist Kriminalbeamter."

„Oh je", sagte ich und dachte: Und noch einer.

„Es ist ja schon viel besser geworden, seitdem er von der Mordkommission weg ist."

„Ach, er war bei der Mordkommission?"

„Ja, er hat die sechste Mordkommission geleitet, aber nach seinem Herzinfarkt hat man ihm einen ruhigeren Job verpasst. Er leitet jetzt die Sondereinheit Altfälle, das ist so eine Cold-Case-Einheit, wissen Sie. Da sind die Leichen schon mumifiziert."

„Natürlich, Peter Markgraf!", entfuhr es mir. Ich hatte den Namen damals von Emma Straub genannt bekommen und bei meinem ersten Anruf nach ihm gefragt.

„Sie haben den Namen wohl in der Zeitung gelesen?"

„Nein, ich war neulich bei denen in der Keithstraße, wegen des Hauses hier. Aber da waren Sie noch im Urlaub."

„Wieso wegen des Hauses?"

„Ihr Mann spricht wohl nicht mit Ihnen über seine Fälle?", fragte ich Elvira.

„Nein, das habe ich mir schon am Anfang unserer Beziehung verbeten. Ich hatte keine Lust darauf, jeden Tag zum Frühstück eine Leiche serviert zu bekommen."

Ich musste lachen, denn ich konnte mir vorstellen, wie es sein musste, wenn ein Mann beim Essen haarklein von zerfetzten Leibern, aufgetriebenen Wasserleichen oder abgestochenen Bandenmitgliedern berichten würde.

„Da haben Sie recht, ist bestimmt nicht appetitanregend", sagte ich.

„Was ist denn mit dem Haus hier, hat es hier mal einen Mord gegeben?"

„Fünf", sagte ich, hatte jedoch nicht die Absicht, Peter Markgrafs Frau nach dem Frühstück haarklein alles zu berichten.

„Ich bringe den Kerl um, ich bringe ihn eigenhändig um!", sagte sie.

„Ganz ruhig, ganz ruhig durchatmen", versuchte ich die aufgebrachte Frau zu beschwichtigen und half ihr in eine aufrechte Sitzposition.

„Das kann ich nicht glauben, der hat mich doch quasi gezwungen, hierher zu gehen und für ihn Termine zu machen, dabei wohnen wir nicht mal in der Nähe. Ich hätte mir gleich denken können, dass da irgendwo ein Haken ist, dieser Mann kann nicht mal seinen Job vergessen, wenn es um seine Gesundheit geht. Und der erzählt mir, dass Sie die beste Atemwegstherapeutin der westlichen Hemisphäre sind. Na warte, komm du mir mal heute Abend nach Hause …" Der Rest des Satzes ging in einen schrecklichen Husten über.

„Psst, jetzt nicht sprechen, ruhig atmen, ganz ruhig. Machen Sie die Lippenbremse! Haben Sie Ihr Spray dabei?", fragte ich sie.

Sie deutete auf ihre Tasche, die sie auf dem Stuhl abgestellt hatte. Ich brachte sie ihr, aber selbst das Inhalieren half ihr nicht sofort.

„Ganz ruhig, wir atmen zusammen", sagte ich.

Frau Markgraf war bereits rot angelaufen. Sie japste und rang nach Luft, ich hatte bereits Angst, dass ich einen Krankenwagen rufen müsste.

Markgraf war also hierhergekommen, um die Praxis zu checken. Wahrscheinlich hatte er von Schiefelbein gehört, dass man mir Zugang zu den Akten gewährt hatte. Aber warum hatte der Kerl nichts gesagt, weder mir noch seiner süßen kleinen Frau, die gerade Todesängste ausstehen musste, weil sie sich so aufgeregt hatte? Ich vermutete, dass es nicht das erste Mal war, dass er seine Frau als Späherin missbraucht hatte, denn sonst würde sich Elvira nicht so aufregen.

Als Frau Markgraf endlich wieder zu einer halbwegs normalen Atmung zurückgefunden hatte, entschuldigte sie sich bei mir.

„Ich bin schließlich Atemtherapeutin", sagte ich. „Es gibt nichts zu entschuldigen."

„Bitte erzählen Sie es nicht meinem Mann", bat sie.

*Du liebe Güte*, dachte ich, *die hat ja regelrecht Angst vor ihrem Alten.* Ich hatte kurzzeitig darüber nachgedacht, ob ich ihr von dem Mord an Ulrike erzählen sollte, mich dann aber auch wegen ihres Gesundheitszustands dagegen entschieden.

Es wurde Zeit für meinen nächsten Patienten. Ich ließ Frau Markgraf ihren Krankenschein unterschreiben und kassierte von ihr sowohl für sie als auch für ihren Mann die Rezeptgebühr. Dann kam auch schon mein nächster Patient, und ich hatte keine Zeit mehr für meine Wut und meine blöden Gefühle.

## Peter Markgraf

Am frühen Abend kam Peter Markgraf zu mir in die Praxis. Wieder hatte ich das Gefühl, dass der Mann, den ich bei mir nur Schneider meck, meck, meck nannte, einen Stock verschluckt hatte, ganz im Gegensatz zu seiner überschäumenden Ehefrau.

„Sie haben eine wunderbare Frau", sagte ich zu ihm.

„Die mir eben die Hölle heißgemacht hat. Sie hat doch tatsächlich geglaubt, dass ich sie als Spionin missbrauchen wollte."

„Als Spionin wofür?", fragte ich so arglos wie möglich.

„Das Haus der zwanzig Kinder. Das sagt Ihnen ja was, wie ich von meinem Mitarbeiter Herrn Schiefelbein gehört habe."

„Ja. Jetzt sagt es mir was, leider zu spät."

„Sie hätten sich hier sonst nicht niedergelassen, sagt Schiefelbein."

„Da hat Ihr Herr Schiefelbein aber so was von recht!" Ich griff ein wenig kräftiger zu als üblich.

„Als ob ich meine Frau dazu brauchte, Ihnen ein paar Fragen zu stellen. Weiber!"

„Hey, sachte, ich bin auch eins und im Moment in der

glücklichen Lage, Ihnen wehtun zu können", pampte ich zurück. „Haben Sie denn Fragen?"

„Sie haben bei meinem ehemaligen Kollegen Michael Schwedt gegenüber Andeutungen gemacht, auf die ich gern näher eingehen würde."

Aha, sie redeten also miteinander, der Schwedt und der Markgraf.

„Dass die damalige Überlebende Ulrike Bender, jetzt Jentsch, gerade einem Raubmord zum Opfer gefallen ist, ist Ihnen ja sicher bekannt", ging ich zielstrebig auf ihn los.

Ich hätte fast einen Zahn verloren, so abrupt setzte er sich auf und schleuderte mir meinen eigenen Daumen Richtung Lippen.

„Langsam, ganz langsam. Ein Raubmord? Wo? Wer? Wieso? Was haben Sie damit zu tun?"

„Ich habe es im *rbb24* gesehen. Ulrike Jentsch ist in ihrer Wohnung in Staaken überfallen und ermordet worden."

„Und diese Ulrike Jentsch ist unsere Ulrike Bender?"

„Genau jene."

„Ach nee. Das ist ja interessant."

„Und nun frage ich Sie mal im Ernst: Weshalb sollte man eine über sechzigjährige Aldi-Kassiererin in ihrer Wohnung ausrauben wollen? Wegen der vielleicht fünfzig Euro, die sie noch in ihrem Portemonnaie hatte? Oder wegen der vier Hunderter, die sie unter ihrer Matratze für schlechte Zeiten gehortet hat?"

Markgraf saß aufrecht auf der Liege, und auch ich hatte aufgehört, seine Bandscheibe zu bearbeiten.

„Wieso wissen Sie denn so was nicht? Ist die Frau nicht in Ihrem Computer gespeichert?“

„Haben Sie noch intelligentere Fragen als diese?“ Das hörte sich nicht wirklich unfreundlich, sondern eher resignierend an. „Und was glauben Sie, weshalb Ulrike Bender ermordet wurde?“

„Weil sie den Täter hätte beschreiben können und weil sie angeblich etwas hatte, was ihn vielleicht heute noch hätte überführen können.“

„Und das wäre?“

„Ich habe keine Ahnung. Wirklich.“

„Und das hat Ihnen Ihre Vermieterin erzählt, die damals ebenfalls in diesem Fürsorgeheim war und eine gute Freundin der Getöteten?“

„Ja, na ja, nicht so direkt. Aber irgendwie schon.“

„Wir wussten immer, dass die Beschreibung des Täters nicht korrekt war. Ich glaube, wir machen Schluss für heute“, sagte Markgraf.

„Aber wir haben doch noch gar nicht richtig angefangen.“

„Nächstes Mal. Ich möchte jetzt so schnell wie möglich noch mal in meine Dienststelle.“

Oha, da hatte ich ja einen schlafenden Hund geweckt.

## Geil

Die Völske ließ ihn den Krankenschein unterschreiben. Als er an der Anmeldung stand, blickte er wie zufällig die Treppe hinauf. Nur nicht zu weit davon weg, hatte er damals gedacht, die Treppe war schließlich sein Fluchtweg.

Mit zehn Schritten war er dort bei der Tür im ersten Stock gewesen. Leise hatte er die Klinke heruntergedrückt. Es gab zwei Betten, die Mädchen, die darin lagen, schienen zu schlafen.

Er hatte Glück, die Mädchen waren schon älter, eigentlich waren sie bereits junge Frauen, sagte er sich. Er schloss die Tür hinter sich, noch immer bewegten sich die Mädchen nicht. Ein schwacher Hauch nach kaltem Rauch lag in der Luft. Die Gören hatten gequalmt, schloss er daraus.

Schliefen sie wirklich, oder taten sie nur so? Er lauschte auf ihre Atemzüge, die ihm viel zu regelmäßig erschienen. Er ging zu dem Bett an der rechten Wand und schaute hinab auf das Mädchen. Ihre langen Haare sahen aus, als ob sie jemand auf das Kopfkissen drapiert hätte. Er setzte sich auf die Bettkante, widerstand aber dem Impuls, mit ihren Haaren zu spielen. Er spürte, dass das Mädchen nicht schlief, sie bewegte sich einfach nicht, sie musste doch aufgewacht sein, aber sie schrie nicht, sie atmete ganz ruhig weiter. Seine Hände wanderten unter die Bettdecke, fanden ihre kleinen, festen Brüste. Das war so gut.

Sie drehte den Kopf und öffnete die Augen. Sekundenlang starrten sie sich an in der Dunkelheit. Er legte den Finger auf den Mund und bedeutete ihr damit, still zu sein. Als er sich zu ihr legte, gab sie keinen Mucks von sich. Seine Hände wanderten weiter hinab unter der Bettdecke, das Mädchen schien einladend die Schenkel zu öffnen. Durch den dicken Stoff seines Mantels spürte er die Wärme, die von ihr ausging. Er presste sich an sie, rieb sich an ihr, sein Atem war jetzt lauter als ihrer.

Sie blieb regungslos liegen, ließ es geschehen, sie schrie nicht, sie wehrte sich nicht, sie schien genau zu wissen, was er mit ihr vorhatte.

„Wenn du schreist, dann töte ich dich", flüsterte er ihr vorsichtshalber ins Ohr. Sie gab keine Antwort.

„Hast du mich verstanden? Kein Laut, sonst bist du ein totes Mädchen!"

Jetzt nickte sie. Na also, geht doch. Er drehte sie auf die Seite, schob ihr Nachthemd hoch, öffnete seine Hose, die fast zu platzen drohte, holte sein steifes Glied heraus und rammte es ihr von hinten zwischen ihre Beine.

„Ahhhh."

Offenbar war das Mädchen keine Jungfrau mehr, sonst wäre ihr Schmerzensschrei lauter gewesen. Trotzdem hatte das Geräusch ausgereicht, ihre Nachbarin zu wecken.

„Ulli?", fragte das Mädchen in die Dunkelheit.

Er stieß noch einmal zu und noch einmal, er konnte nicht aufhören, nicht jetzt, nicht jetzt.

Das Mädchen unterdrückte jedes Geräusch. „Sag ihr, sie soll weiterschlafen, du hast Besuch", flüsterte er ihr ins Ohr.

„Alles okay, schlaf weiter, bitte", sagte sie zu ihrer Zimmernachbarin.

„Was zum Teufel ..." Das Mädchen aus dem Nachbarbett war aufgestanden und beugte sich über sie. „Hey, was macht ihr da, ich glaub es nicht!"

„Das willst du nicht wissen", zischte er. „Los, geh wieder ins Bett und rühr dich nicht, sonst bist du ein totes Mädchen!"

Es war ihm vergangen. Diese blöde Fotze hatte ihm die ganze Nummer versaut. Wie der Blitz sprang er aus dem Bett und verpasste dem Mädchen einen Fausthieb. Sie sackte mit einem Schmerzensschrei zu Boden. Er spürte, dass der Aufschrei ihn wieder erregte, er schleifte sie zu ihrem Bett und warf sie mit dem Oberkörper darauf, das Gesicht voran. Ohne Vorwarnung drang er von hinten in sie ein, sie schrie, er drückte ihr die Luft ab, ja, so war es gut. „Los, wehr dich, ich will, dass du dich wehrst", stieß er hervor. Das Mädchen unterdrückte den Schmerz, sie stöhnte nur leise. „Du sollst dich wehren, du Fotze!" Aber sie wehrte sich nicht, sie schrie nicht, egal, wie sehr er ihr die Luft abdrückte, sie ließ es über sich ergehen wie eine Gummipuppe.

So machte ihm das keinen Spaß. Er ließ von ihr ab, diese Mädchen waren Spielverderber. Er drehte sich wieder zu der anderen um, die sich die Bettdecke über das Gesicht gezogen hatte.

Wie die drei Affen, dachte er, nichts sehen, nichts hören, nichts sagen. Sie würden nichts sagen, da war er sich sicher. Er riss ihr die Bettdecke vom Körper, warf sich auf das Mädchen, das einen albernen, kleinen Stoffbären gegen sich presste, und drang erneut in sie ein. Als das Mädchen leise rief: „Nein!“, war es für ihn wie eine Erlösung. Ja! Ja! Ja!

Er gab dem Mädchen einen Kuss und stieg von ihr herunter. Er nahm ihr den Plüschbären aus der Hand, wischte sich damit sauber und warf ihn aufs Bett.

Die Mädchen hatten sein Gesicht gesehen, aber das war ihm gleichgültig. Es war dunkel in diesem Raum, viel zu dunkel, um sich an seine Gesichtszüge zu erinnern. „Wenn du etwas sagst, bist du tot, ich finde dich, wo immer du bist“, flüsterte er, während er seine Hose schloss. Dann wandte er sich an das andere Mädchen, das noch immer vor ihrem Bett kniete.

„Du kannst dich wieder hinlegen. Aber keinen Mucks, verstanden?“

Als das Mädchen nicht antwortete, fragte er: „Hast du mich gehört?“

Sie hatte ihn nicht gehört. Sie war tot. Er registrierte es ohne jede Gefühlsregung. Warum hatte sie sich auch nicht gewehrt?

## Filmangebot

Mein nächster Kunde war Jörn Budde, der Filmfritze, wie ich ihn in Gedanken nannte. Der Mann war um ein Vielfaches entspannter als Peter Markgraf. Während ich seine Faszien bearbeitete, dachte ich über den Leiter der Sondereinheit Altfälle nach. Konnte es tatsächlich sein, dass die nichts über Ulrike Jentsch in ihren Computern hatten? Allerdings musste ich mir selbst sagen, dass die schrecklichen Morde mehr als vierzig Jahre her waren, so dass es gar nicht so erstaunlich war, dass die Daten noch nicht elektronisch erfasst waren. Obwohl diese Cold-Case-Einheit das doch sicher nachgeholt hatte.

Jörn Budde war bester Laune und scherzte, wobei mir nicht so sehr nach Scherzen war, denn meine Gedanken waren bei Ulrike Jentsch und bei meiner Vermieterin Petra Schneidermann. Die würde sicher bald Besuch bekommen von den Bullen. Das hoffte ich wenigstens, sie sollte wissen, dass ich mich nicht mehr moralisch erpressen ließ.

Als die fünfundzwanzig Minuten Krankengymnastik um waren, setzte sich Jörn Budde auf und sagte: „Ich hatte Sie ja vorgewarnt, dass ich noch mal auf Sie zukomme. Das

Haus ist genial, wir würden es gern für unsere neue Produktion mieten."

Ich wollte schon sagen, dass Frau Schneidermann mir verboten hatte, das Haus zu vermieten, als mir einfiel, dass sie genau das eigentlich nicht getan hatte. Sie hatte mich nur gebeten, dieses Haus nicht für Partys zu vermieten. Ich dachte nur sehr ungern an das letzte Gespräch mit Lars, der mit einem ziemlichen Wutanfall auf meine Absage einer weiteren Zusammenarbeit reagiert hatte.

„Was für eine Art von Film soll es denn werden? Ich hoffe, kein Porno?" Ich konnte mir nur allzu gut vorstellen, was Frau Schneidermann zu einer Pornoproduktion sagen würde.

„Es soll ein Biopic werden."

Was zum Teufel, so fragte ich mich, war ein Biopic? Ich traute mich nicht, das zu fragen.

„Ab wann wollen Sie filmen und wie lange?", wollte ich stattdessen wissen.

„So genau können wir das noch nicht sagen, aber ich schätze, in dem Haus wären das mindestens acht Drehtage."

„Muss ich deshalb ausziehen?"

„Ja", sagte er, „wir benötigen das ganze Gebäude. Aber wir können Ihre Möbel einlagern, den Verdienstausfall bekommen Sie natürlich ersetzt."

„Ich werde mir das überlegen. Ab wann würden Sie das Haus denn brauchen?"

„Kriegen Sie keinen Schreck, aber ziemlich bald, also, ehrlich gesagt, ab der ersten Septemberwoche."

„Das ist aber sehr kurzfristig, da muss ich ja meine ganzen Termine umlegen", log ich. In meinem Kopf ratterte es: Wenn ich es schaffen würde, bis dahin eine neue Praxis zu finden, könnte ich auf Kosten der Filmfirma vielleicht sogar mein ganzes Equipment dorthin schaffen. War Jörn Budde vielleicht mein Retter?

„Ich habe noch nie etwas mit Film zu tun gehabt", sagte ich.

„Wie würden sich denn zweitausend Euro pro Drehtag für Sie anhören? Dazu natürlich Ihren Verdienstausfall?"

In meinen Ohren rauschte das Blut. Acht Drehtage für zweitausend Euro, das wären sechzehntausend Euro! Sechzehntausend Euro! Damit könnte ich mir eine neue Existenz aufbauen, irgendwo in der Nähe eine kleine Praxis anmieten und damit Miete und Kaution bezahlen. Ich spürte, dass mir die Knie zitterten. Hatte ich das eben wirklich erlebt, oder war das nur ein schöner Traum, einer, viel zu schön, um wahr zu sein?

Jörn Budde bat mich, ihn noch einmal durch das Haus zu führen, damit er von den einzelnen Räumen Fotos machen könnte. Ich tat nichts lieber als das.

## Der Teddybär

Alex fand, dass das Angebot von Budde geradezu nach einer Flasche Sekt schrie. Ich hatte allerdings ein mulmiges Gefühl. War es wegen des Angebots von Budde, war es wegen Peter Markgraf oder Michael Schwedt, oder lag mir Petra Schneidermann im Magen? Auf jeden Fall hatte es etwas mit dem Tod von Ulrike Bender/Jentsch zu tun.

Alex lachte mich aus. „Sag bloß, du hast jetzt ein schlechtes Gewissen, weil du ein Haus vermietest, für das du im Moment keine Miete zahlen musst."

Ich war mir nicht sicher. „Weißt du, was ein Biopic ist?"

„Ja, so was wie eine verfilmte Biografie."

„Ein Dokumentarfilm etwa?" Mir wurde heiß. Der Budde wollte doch nicht etwa das Haus der zwanzig Kinder filmisch in Szene setzen?

„Na ja, mehr so als Unterhaltungsfilm aufgemacht", sagte Alex.

„Einen Film über das Haus der zwanzig Kinder würde die Schneidermann nie erlauben." Musste ich sie laut Mietvertrag eigentlich um Erlaubnis fragen? Aber die Schneidermann hatte mich gewarnt, dass es gefährlich wäre, überhaupt über die Vorkommnisse im Haus der zwanzig Kinder zu reden.

„Die soll sich nicht so anstellen", sagte Alex. „Du weißt doch gar nichts, außer, dass die Jentsch die Bender war. Da wäre die Polizei früher oder später auch selbst drauf gekommen."

„Na, offensichtlich nicht", sagte ich.

„Es hätte vielleicht ein wenig gedauert, aber ich bin mir sicher, dass sie es gemerkt hätten."

„Es scheint nicht so weit her zu sein mit deren Datenzugriffen."

„Und das wundert dich? Deutschland, das Land der Dichter und Denker, der Hochtechnologie! Alles Humbug, ich sage dir, die meisten Entwicklungsländer sind da besser ausgerüstet als wir. In unseren Ämtern arbeiten die noch mit Faxen und pusten den Staub von den Akten, weil die Beamten keine Ahnung haben, wie sie die unterschiedlichen Computerprogramme bedienen sollen. Die sind nicht mal von Raum zu Raum vernetzt, geschweige denn von Dienststelle zu Dienststelle."

„Das macht mir Angst", sagte ich.

„Das sollte es auch. Ich bin immer wieder fassungslos, wenn ich mit Ämtern zu tun habe, es ist wie ein Ausflug ins vergangene Jahrhundert."

„Ich mache mir Sorgen um die Schneidermann." Der Gedanke kam ohne Umweg über das Gehirn direkt aus meinem Bauch.

„Wieso das denn?"

„Weil sie wusste, wonach der Mörder von Ulrike gesucht

hat. Und weil sie weiß, wie der Mörder tatsächlich ausgesehen hat. Alex, ich spüre, dass ich den Mörder selbst direkt zu der Jentsch geführt habe, ich weiß es, ich weiß es, verstehst du, ich weiß es ganz genau." Mittlerweile liefen mir die Tränen herunter.

Alex schenkte mir noch ein Glas Sekt nach. „Du bist wirklich ein komisches Mädchen. Du fühlst dich für alles Unglück dieser Welt verantwortlich. Warum eigentlich?"

„Denk doch mal nach: Es fing damit an, dass ich diesem alten Kriminalkommissar gegenüber Andeutungen gemacht habe. Das hat den Ball ins Rollen gebracht."

„Das bildest du dir ein", versuchte Alex mich zu beschwichtigen. „Obwohl es schon ein bisschen merkwürdig ist, dass plötzlich die halbe Bullerei von Berlin Krankengymnastik von dir will."

„Nein, ich weiß es, ich spüre das."

„Aber du kannst doch nicht im Ernst glauben, dass dieser Rentner der Mörder von damals ist?"

„Nein, das glaube ich nicht. Zumal er dafür ein bisschen zu alt ist. Aber wer sagt mir denn, dass Ulrike nicht auch, was sein Alter betrifft, gelogen hat?"

„Glaubst du wirklich, dass ein Kriminalkommissar nachts mordend durch den Grunewald zieht und am nächsten Morgen fröhlich am Tatort auftaucht? Jetzt wirst du wirklich ein bisschen albern."

„Nein, eigentlich glaube ich das nicht, außerdem ist das ein furchtbar netter alter Herr. Der hat mir so leidgetan, als er mir erzählt hat, wie er sein ganzes Berufsleben lang erfolglos diesen Killer gejagt hat."

„Na also. Und nun stell dir mal vor, dass dieser nette alte Rentner die Aldi-Tante bis nach Staaken verfolgt und in ihrer Wohnung erschlägt. Um was zu suchen?“

„Irgendetwas, was ihn überführen könnte.“ Ich schaute meinen Mann an. Und plötzlich hatte ich ein Bild vor Augen. Die verschreckte Ulrike Bender mit dem Stoffbären im Arm.

„Natürlich! Der Teddybär!“

„Der was?“

„Der alte Teddybär.“

„Du sprichst in Rätseln. Was für ein Teddybär?“

„Schwedt hat mir erzählt, dass Ulrike sich unter ihrer Bettdecke versteckte, einen Teddybären an sich drückte und immer wieder murmelte: ‚Ich sage nichts.‘ Außerdem gab es von der Ulrike ein Foto mit dem Bären im Arm. Ich habe aber in der Liste der beschlagnahmten und inzwischen verschwundenen Beweismittel keinen Teddybären gefunden. Das muss es sein: Ulrike hat ihren Teddybären nicht aus der Hand gegeben und ihn aufgehoben. Und daran könnte sich die DNA des Täters befinden.“

„Nach vierzig Jahren? Glaubst du doch selbst nicht. Den hat die längst weggeschmissen. Oder hast du deine Puppen und Bärchen aufbewahrt?“

„Nee, aber ich habe auch Eltern gehabt, die mich lieb hatten, da brauchte ich mit fünfzehn keinen Ersatzkuschel mehr. Alex, ich schwöre dir, der Mörder hatte es auf den Teddybären abgesehen!“

„Und woher soll er von dem Plüschtier erfahren haben? Das ist doch komplett unlogisch. Sollte die Frau wirklich so einen Bären aufbewahrt haben, wie ist der Mörder denn plötzlich auf die Idee verfallen, dass sie das Ding noch hat?"

„Weil ich es ihm gesagt habe?"

„Hast du? Wem?"

„Na, dem Michael Schwedt. Natürlich nicht direkt, sondern indirekt."

„Wie indirekt?"

„Ich habe ihn gefragt, ob man, wenn man etwas hätte, nach vierzig Jahren noch DNA nachweisen könnte."

„Also meinst du doch, dass der Schwedt das getan hat?"

„Nein, Alex, du verstehst mich nicht. Ich habe gedacht, dass ich dem Schwedt helfen könnte, etwas, was ihn sein ganzes Berufsleben lang gequält hat, aufzuklären!"

„Florence Nightingale lässt grüßen", sagte Alex. „Trotzdem verstehe ich nicht, was du meinst. Es kann dann doch nur der Schwedt gewesen sein!"

Ich saß in eine Sofaecke gedrückt und drehte meinen T-Shirt-Saum zu einer Wurst. „Der Schwedt hatte aber offensichtlich nichts Eiligeres zu tun, als zu quatschen. Der hat doch dem Markgraf erzählt, dass die Schneidermann ebenfalls in dem Haus gewohnt hat und den Täter identifizieren könnte!"

„Das bringt aber noch nicht die Jentsch um!", sagte Alex.

„Nein, aber ich muss die Schneidermann warnen. Ich bin mir sicher, Alex, dass der Mörder irgendwo im Dunstkreis dieser Sondereinheit Altfälle zu finden ist. Und ich habe sie angelogen und gesagt, ich hätte niemandem etwas von unserer Unterhaltung erzählt. Alex, bitte, lass uns zu der Schneidermann fahren, ich muss die Frau warnen!"

„Schätzchen, das Telefon tut es auch!", sagte Alex, er schien genervt. Es war kein schönes Gefühl, von seinem Liebsten für hysterisch gehalten zu werden.

„Dann fahre ich alleine", sagte ich.

„Jetzt ruf sie halt an!" Er stand auf und holte das Telefon.

Ich wählte ihre Handynummer. Niemand meldete sich. Ich sah auf die Uhr, es war bereits nach zehn Uhr abends. Um die Zeit rief man bei niemandem an. Aber wenn sie nicht schlief, dann hatte sie ihr Handy mit Sicherheit dabei.

Ich versuchte es deshalb mit WhatsApp. Sie hatte die App offensichtlich nicht installiert.

Alex zuckte mit den Schultern. „Vielleicht ist sie im Theater? Oder im Konzert? Oder in einem Restaurant? Schick ihr eine SMS oder eine Mail, irgendwas wird die Alte doch lesen können."

„Und wenn ihr schon was passiert ist?", fragte ich.

„Hör mal, die ist mit einem Russen verheiratet, da wird man nicht einfach so umgebracht."

„Du hast ja überhaupt keine Vorurteile, das sind doch nicht alles Oligarchen mit fetten Bodyguards in schwarzen Anzügen und Funk in den Ohren. So deutsch, wie sich der Name anhört, ist das ein Russlanddeutscher."

„Aber einer, der hier zu Geld gekommen sein muss. Ist schließlich nicht jeder in der Lage, seiner Frau als Morgengabe so eine Prunkvilla zu schenken."

„Na ja, sie hat mir so gut wie nichts über ihren Mann verraten. Bitte, Alex, fahr mich zum Haus der Schneidermanns. Alleine traue ich mich nicht."

„Ich muss mich aber nicht dafür umziehen", sagte er mit Blick auf seine Jogginghosen.

Ich fand ihre Adresse in unserem Vertrag. Als wir in die Lassenstraße einbogen, sah ich einen Polizeiwagen vor der Villa der Schneidermanns parken.

„Da ist was passiert!", sagte ich. „Fahr mal langsam an dem Haus vorbei."

Als wir den Polizeiwagen passierten, sah ich, dass zwei Polizisten darin saßen.

„Die beobachten das Haus", sagte Alex. „Wir können also beruhigt nach Hause fahren, die Polizei hat ein Auge auf deine Frau Schneidermann."

„Wir hatten doch vorhin genau das Gegenteil festgestellt", keifte ich.

„Lene, nun beruhige dich, das sind keine Kriminalbeamten, die würdest du nicht erkennen, das sind ganz normale Polizisten, Schupos genannt. Schutzpolizei. Und die tun genau das, was sie sollen: Sie schützen die Schneidermann."

Ich nickte. Er hatte recht, ich benahm mich wie von einer Wespe gestochen. Aber ich hatte so ein verdammt schlechtes Gewissen.

„Dabei hätte es ein so schöner Abend werden können", maulte mein Liebster, als wir wieder nach Hause fuhren.

In der Nacht wälzte ich mich von einer Bettseite auf die andere, ich hatte eine Lawine losgetreten und keine Ahnung, wie ich sie aufhalten sollte. Und was war das mit dem Biopic von Jörn Budde?

## Fallanalyse

Am nächsten Tag blieb mir nichts anderes übrig, als in meine Praxis zu fahren und mein Programm abzuspulen. Beim Blick in meinen Terminkalender stellte ich fest, dass ich sowohl Frau Markgraf als auch Herrn Hochberger an diesem Tag zu behandeln hatte.

Um die Mittagszeit kam Hochberger. Er war der Einzige, dessen Name ich zwar in den Akten gelesen hatte, der aber bisher mit mir nicht ein einziges Wort über das Haus der zwanzig Kinder gesprochen hatte. Hochberger schien ein leutseliger Mann zu sein, wobei er etwas an sich hatte, was mich einschüchterte. Vielleicht war es sein Professorentitel oder aber auch sein geradezu künstlerisches Aussehen mit der markanten Hakennase und den buschigen Augenbrauen, der Mann hatte etwas an sich, was man wohl Charisma nannte.

Ich begann mit seinen Lendenwirbeln. „Wie geht es denn heute Ihren Hüftgelenken?“, fragte ich ihn.

„Wenn ich so hübsche junge Frauen sehe wie Sie, dann vergesse ich einfach, dass meine Hüftgelenke über sechzig sind.“

„Das ist wohl die beste Art, älter zu werden“, sagte ich, „einfach nicht dran zu denken.“

„Das klappt leider nicht immer, meine Liebe, glauben Sie mir. Aber im Prinzip haben Sie recht. Der Kopf bleibt irgendwann stehen, bei manchen Menschen mit vierzehn, bei anderen erst mit vierzig."

„Und worauf kommt das an?", fragte ich ihn.

„Nun ja, manche kommen halt nie raus aus der Pubertät. Aber wenn man das geschafft hat und die Mitte des Lebens erreicht, dann bleibt man für viele Jahre mit dem Kopf genau da stehen. Und eines Tages schauen Sie in den Spiegel und sind ganz erstaunt, dass Sie ein alter Mensch anschaut. Und Sie fragen sich, was da letzte Nacht passiert sein könnte, dass man plötzlich so alt aussieht."

Ich musste lachen, obwohl ich spürte, dass der Mann genau das sagte, was er fühlte. War das Humor oder Bitterkeit? Oder beides?

„Arbeiten Sie noch?"

„Aber natürlich, Sie glauben doch wohl nicht, dass ich mich auf eine Parkbank setze und Vögel füttere, nachdem ich mit dem Lastenfahrrad für meine Frau den Wocheneinkauf erledigt habe. Das hat mindestens noch zwanzig Jahre Zeit. Ich unterrichte an der Hochschule, schreibe Gutachten, berate Filmproduktionen. Es ist eine neue True-Crime-Serie geplant, in der ich alte Fälle analysiere, und außerdem arbeite ich an meinem Lebenswerk: eine historische Phänomenologie über das Böse."

„Das ist ja interessant", sagte ich, obwohl ich mir unter einer historischen Phänomenologie so gut wie überhaupt nichts vorstellen konnte. „Klingt nach einer Menge Recherche", fügte ich an, um meine Unkenntnis zu verschleiern.

„Ja, obwohl ich da aus meinem langen Berufsleben durchaus Honig saugen kann."

Jetzt war der Zeitpunkt gekommen, ihn direkt zu fragen: „Was haben Sie beruflich gemacht?"

„Ich bin Kriminalpsychologe, das heißt, ich habe mein Leben lang Menschen begutachtet, die eines Verbrechens angeklagt waren. Und ich habe psychologische Profile von Menschen erstellt, die wegen eines Verbrechens gesucht wurden."

„Ach, so eine Art Profiler, so was wie in *Criminal Minds*?"

Er lachte. „Na ja, bei uns wurde nicht so viel geschossen, und es ging insgesamt nicht ganz so blutig zu wie im Fernsehen. Aber im Prinzip haben Sie schon recht."

„Das ist ja aufregend. Wissen Sie, dass in diesem Haus, in dem wir uns befinden, fünf Morde geschehen sind?"

Mir schlug das Herz so laut, dass ich Angst hatte, er würde es hören.

„Ja, Frau Völske, das weiß ich wohl, ich wurde vor einigen Jahren hinzugezogen, als der Fall neu aufgerollt wurde. Die Morde sind bereits über vierzig Jahre her."

„Haben Sie ein Motiv gefunden, weshalb der Mörder unschuldige Kinder umgebracht hat?"

„Das Böse hat eine eigene Logik. Eine, die sich niemand anderem als dem Täter erschließt."

„Ich dachte, es sei Ihr Beruf, der Logik des Täters zu folgen", wandte ich ein, während ich seine Verspannungen ausstrich.

„Dieses Verbrechen ist das wohl untypischste, was mir in meiner ganzen Laufbahn untergekommen ist. Manchmal habe ich gedacht, der Täter hatte die Verbrechen überhaupt nicht geplant, er hat einfach aus dem Bauch heraus gehandelt."

„Glauben Sie, dass der Täter heute noch lebt?"

„Normalerweise mordet so ein Täter nicht nur einmal, nicht nur in einer Nacht. Er tut es wieder und wieder und wahrscheinlich sogar in immer kürzeren Abständen. Das wäre das normale Täterverhalten. Aber dieser Täter ist unseres Wissens nie wieder auffällig geworden."

„Was denken Sie, wenn Sie hier in diesem Raum liegen. Beschäftigt Sie dieses Verbrechen nicht?"

„Es beschäftigt mich insofern, als dass ich mich frage, wie er sich seine Opfer ausgesucht hat. Es scheint so zufällig. Da ist die Erzieherin, das kann man ja noch nachvollziehen, dass er sie mundtot machen wollte. Aber zwischen dem Zimmer der Erzieherin und dem Raum, in dem die beiden kleinen Jungs schliefen, lagen zwei andere Zimmer mit Kindern. Warum ist er bis ans Ende des langen Ganges gelaufen, um dann die zwei Burschen zu ermorden? Ich bin diesen Gang mehrmals im Dunklen abgelaufen, es ergibt keinen Sinn."

„Hat die Polizei untersucht, ob es eine Beziehung zu den Kindern hätte geben können?"

„Glauben Sie mir, die Mordkommission hat sowohl damals auch als vor ein paar Jahren, als wir den Fall noch einmal aufgerollt haben und ich hinzugezogen wurde, keinen Stein auf dem anderen gelassen. Es gab keine Beziehung zwischen dem Täter und den Kindern."

„Vielleicht stand er auf kleine Jungs?"

„Der stand auf Mädchen, sonst hätte er nicht die beiden Mädchen im Obergeschoss vergewaltigt. Die Jungs hat er nur getötet, aber ohne erkennbares sexuelles Motiv."

„Aber er hat doch noch einen Jungen in der Toilette abgestochen. Wieso war er mit dem Jungen auf der Toilette?"

„Sie wissen ja sehr gut Bescheid über den Ablauf dieser Nacht", sagte Hochberger verwundert.

„Ich habe alles gelesen, was es zu lesen gab über das Verbrechen, nachdem ich, naiv wie ich bin, dieses Haus gemietet hatte, ohne seine Geschichte zu kennen."

„Der Junge hat ihn gestört, vielleicht hat er ihn gehört, als er auf die Toilette gehen wollte", sagte Hochberger.

„Was geht in jemandem vor, der gerade eine Frau und drei Jungen ermordet hat und der dann zu einem Mädchen geht?", fragte ich ihn. Ich hatte in seiner sogenannten Expertise darauf keine Antwort gefunden. Oder zumindest keine, die ich verstanden hätte.

„Offensichtlich haben die Morde ihn sexuell stimuliert. Ob die Morde an den Jungs oder der Mord an der Erzieherin sei mal dahingestellt, auf jeden Fall wollte er Mädchen. Und die hat er bekommen."

„Was mich gewundert hat, war, dass nirgendwo in den Akten etwas über die Fenster gestanden hat."

„Wie meinen Sie das? Hatten Sie etwa Akteneinsicht?"

„Ja", sagte ich. „Der Mörder muss ja durch ein geöffnetes Fenster eingedrungen sein. Im Souterrain sind alle Fenster vergittert."

„Er ist durch ein Fenster in der Beletage eingestiegen."

„Ja, aber wieso stand es offen? Soweit ich gelesen habe,

waren alle Fenster mit Schlössern gesichert, nur dieses eine Fenster stand offen."

„Das ist doch klar, das Haus der zwanzig Kinder war ein Fürsorgeheim. Vor der Kammer stand ein großer Fliederbaum, der ideale Ausstieg für nächtliche Ausreißer."

„Sie meinen, dass irgendjemand nachts abgehauen war und das Fenster offen gelassen hat?", fragte ich, während ich mich zu seinen Schulterblättern hocharbeitete.

„Ja, natürlich, und der Mörder hat das Mädchen sogar in der Kammer getroffen, als er gerade abhauen wollte. Aua!"

„Oh … Entschuldigung", stammelte ich. Ich hatte ihn vor Schreck gekratzt.

„Also, das war mir von Anfang an klar, dass es damals diesen Ein- und Ausstieg gegeben haben muss. Diese Fürsorgeheime waren wie kleine Gefängnisse, die Kinder und Jugendlichen wurden tatsächlich weggeschlossen."

Ich überlegte, ob ich das in seiner Fallanalyse gelesen hatte. Ehrlicherweise hatte ich das Pamphlet nur überflogen, weil es so mit Fremdwörtern gespickt war, dass ich nur die Hälfte verstanden hatte.

„Wir wollen deshalb ja auch in der Kammer anfangen zu drehen", sagte Hochberger.

„Zu drehen?" Was meinte er?

„Diese neue True-Crime-Serie, in der ich als Profiler alte Fälle analysiere."

„Ach, das Biopic!" Mir ging langsam ein Licht auf.

„Wir wollen damit aufmachen, dass ich bei geöffnetem Fenster in der Kammer stehe und die Tür hinter mir schließe. So, wie damals der Täter die Tür zum Bösen hinter sich geschlossen hat, offenbar für immer."

Langsam arbeitete ich mich wieder hinunter zu seinem Lendenwirbel, während in meinem Kopf ein Wirbelsturm tobte. Hatte ich mich verhört, oder hatte er tatsächlich gesagt, dass der Täter ein Mädchen in der Kammer getroffen hatte? Woher konnte er das wissen? Doch nur von Petra Schneidermann – oder aber?

Die Alternative war undenkbar. Nein, war sie nicht. Hatte ich nicht gestern mit Alex noch darüber nachgedacht, ob nicht vielleicht jemand von der Polizei die Hände im Spiel hatte? Das war eindeutig Täterwissen! Petra Schneidermann hatte mir versichert, dass sie niemals der Polizei von ihrem Zusammentreffen mit dem Täter berichtet hatte. Hatte sie mich nicht sogar eindringlich vor der Polizei gewarnt? Nicht so direkt, aber irgendwie schon. Oder war die Schneidermann nach dem Mord an Ulrike doch zur Polizei gegangen und hatte geredet? Aber würde ein freischaffender Fallanalytiker sofort davon in Kenntnis gesetzt werden?

Lag vor mir auf dieser Pritsche etwa ein seit über vierzig Jahren unentdeckt gebliebener Massenmörder?

Ich hatte zwar keine Ahnung, seit wann die Polizei Fallanalytiker beschäftigte, aber 1977 war dieser Mann mit Sicherheit noch Student gewesen. Hatte er das mit dem Studieren des Bösen so wörtlich genommen? Genau genommen hatte der Täter in jener Nacht jedes mögliche Verbrechen begangen: Einbruch, Diebstahl, Totschlag, Mord, Vergewaltigung. Hatte Hochberger sich selbst eine

Grundausbildung verschafft? Wenn es überhaupt für all diese durchgeknallten Verbrechen ein Motiv gab, dann womöglich dieses: Ein Wissenschaftler wollte genau wissen, was in dem Kopf eines Verbrechers vor sich geht. Criminal Mind, sozusagen.

Ich hatte keine Ahnung, was ich jetzt tun sollte. Irgendwie musste ich die fünfundzwanzig Minuten Krankengymnastik so hinter mich bringen, dass der Mann nicht merkte, dass ich ihn in Verdacht hatte.

Während meine Gedanken rasten, wischte ich an dem Kerl herum. Was nutzte es mir, zu wissen, dass er damals Petra in der Kammer getroffen hatte, ich konnte das niemals beweisen. Selbst wenn Petra Schneidermann der Polizei erzählen würde, dass sie den Mörder damals gesehen hatte, würden sie ihm nichts nachweisen können. Und unser Gespräch hatte niemand gehört, er würde immer leugnen können, mir erzählt zu haben, dass der Täter Petra in jener Nacht in der Kammer getroffen hat.

Ich überlegte, ob er irgendein Kennzeichen hatte, das ihn verriet. Zugegeben, der Mann sah ungewöhnlich aus. Die große, gebogene Nase, die dichten, zusammengewachsenen Augenbrauen, die heute weiß waren, die stechenden graugrünen Augen. Den Zeugenaussagen nach hatte der Mörder eine Mütze getragen, an dem schlohweißen Haar war er mit Sicherheit nicht wiederzuerkennen.

Die Minuten verrannen zu Stunden, hörte diese Behandlung denn nie auf? Ich war einfach nicht in der Lage, mit dem Mann weiter freundlich zu plaudern, mir blieb jedes Wort im Halse stecken. Als die Uhr endlich siebzehn

Uhr zeigte, sagte ich betont munter: „So, jetzt sind Sie erlöst."

„Meinen Sie?", fragte er, während er sich aufsetzte.

In seinen Augen las ich etwas, das mir gar nicht gefiel. Mir schien, er wusste, dass ich verstanden hatte. Wodurch hatte ich mich verraten? Ich erstarrte unter diesem Blick. Das interessante, zerfurchte Gesicht des Mannes, das ich so faszinierend gefunden hatte, hatte sich zu einer entsetzlichen Fratze verwandelt, die mir einen Todesschreck versetzte.

„Es wäre übrigens besser, wenn unser kleines Gespräch erst mal unter uns bleiben würde", sagte er. „Sie wissen schon, die lieben Kollegen."

„Dann bis zum nächsten Mal", versuchte ich so neutral wie möglich zu sagen und floh aus der Kabine. Im Gegensatz zu mir war der Mann unbekleidet. Ich musste raus aus diesem Haus, ich musste weg hier, so schnell wie möglich, ich war mir sicher, dass der Kerl mich umbringen würde.

Gemessenen Schrittes ging ich zur Anmeldung, und dann rannte ich um mein Leben. Ich hörte, wie er hinter mir her rief: „Frau Völske, warten Sie!", aber ich dachte nicht daran zu warten.

Ich rannte aus dem Haus und ließ die Tür hinter mir zufallen. Was so ziemlich das Dämlichste war, was ich tun konnte. Denn ich hatte im Haus meine Handtasche mit meinem Handy und vor allem mit meinen Autoschlüsseln liegen. Wie von tausend Hunden gehetzt, rannte ich zum Gartentor und auf die Winklerstraße. Wohin? Dahin, wo Menschen waren, wo er mich nicht kriegen konnte, ich brauchte ein Telefon, ich musste die Polizei anrufen. Aber welche Polizei? War es das gewesen, wovor die Schneidermann mich die ganze Zeit gewarnt hatte: Der Mörder war selbst bei der Polizei. Wer würde mir glauben? Eine Krähe hackt der anderen kein Auge aus.

Würde die Schneidermann weiter leugnen? Ich hatte keine Ahnung, was ich tun sollte, ich rannte einfach geradeaus, in dieser Gegend ging niemand zu Fuß, außer man führte den Fiffi Gassi.

Da bog eine schwarze Limousine in die Winklerstraße ein. Ich stellte mich mitten auf die Straße und versuchte, das Auto zu stoppen. Der Fahrer machte eine Vollbremsung und hupte.

„Bitte, helfen Sie mir“, rief ich, und dann erkannte ich den Fahrer. Es war mein Retter, Jörn Budde.

„Was ist denn mit Ihnen passiert? Hat Sie eine Biene gestochen? Haben Sie einen anaphylaktischen Schock?“

Wahrscheinlich war ich hochrot im Gesicht und hyperventilierte.

„Wollten Sie zu mir?“, fragte ich atemlos.

„Ja, ich möchte noch etwas mit Ihnen wegen des Biopics besprechen.“

„Ich weiß jetzt, wer der Massenmörder im Haus der zwanzig Kinder ist.“

„Ach was!“, sagte Budde. „Und wer bitte schön soll das sein?“

„Er ist noch in der Villa. Bitte, ich brauche Hilfe.“

„Steigen Sie schnell ein, ich fahre Sie zur Polizei“, sagte er.

Dankbar lief ich zur Seitentür und ließ mich auf den Beifahrersitz fallen. „Nein, bitte nicht zur Polizei."

„Wieso das denn nicht, ich dachte, Sie haben den Fall gelöst und den Täter enttarnt?"

„Weil er sozusagen die Polizei ist."

„Ach nee, Sie meinen im Ernst jemanden von den Bullen? Das glaube ich nicht!", sagte Budde. „Das ist ja aufregend!"

„Ich bin mir ziemlich sicher." Ich zitterte immer noch.

„Ich recherchiere seit Jahren zu diesem Fall, ich habe sogar das Drehbuch für den Film geschrieben, das wird ja immer aufregender, so ein geiler Filmstoff. Und wenn Sie mir jetzt noch verraten, wer der Mörder ist, bekommen Sie in dem Film eine Hauptrolle. Wo soll ich Sie denn jetzt hinfahren? Wenn schon nicht zur Polizei, vielleicht zurück in die Villa, den Täter dingfest machen?"

Der Mann schien mich nicht ernst zu nehmen. „Um Gottes willen, ich bin doch nicht lebensmüde!"

„Wieso, ich bin doch bei Ihnen, ich passe schon auf Sie auf!"

„Fahren Sie mich zu Frau Schneidermann, bitte."

Budde wendete in der kleinen Straße und fuhr zurück in die Königsallee. „Verraten Sie mir jetzt auch noch, um wen es sich handelt? Wer ist denn nun Ihrer Meinung nach der Täter?"

„Der Fallanalytiker, der, mit dem Sie diesen Film drehen wollen, der Hochberger!"

Budde lachte schallend. „Nicht Ihr Ernst. Wie kommen Sie denn auf diese Schnapsidee?"

„Er hat gewusst, dass der Täter in der Mordnacht ein Mädchen in der Kammer getroffen hat."

„Ach du Scheiße." Das kam aus tiefstem Herzen.

„Und weil er der Einzige ist, der überhaupt ein Motiv hat."

„Hochberger? Ein Motiv? Welches sollte das denn sein?"

„Professionelle Neugierde", sagte ich.

„Wer ist überhaupt Frau Schneidermann?"

„Meine Vermieterin!"

„Ach so, ja klar. Ich verstehe aber nicht so ganz, wieso sollte Hochberger der Mörder sein, nur weil er von dem Mädchen wusste?"

„Sie hat es niemandem erzählt. Weil niemand davon wusste, außer dem Täter!"

„Und Ihnen, wenn ich das jetzt mal sagen darf. Und wahrscheinlich noch hundert anderen Personen. Mit Sicherheit allen Freunden im Fürsorgeheim. Also, nicht vielleicht doch zur Polizei?"

„Bitte, fahren Sie mich zu Frau Schneidermann. Hochberger weiß jetzt, dass er sich verraten hat. Nicht, dass noch ein Mord geschieht, so wie mit der anderen Frau!"

„Welche andere Frau?", fragte er und bog in die Königsallee ein.

„Nun beeilen Sie sich doch!", sagte ich und drehte mich um. „Werden wir verfolgt?"

„Nein, ganz ruhig, Frau Völske. Welche andere Frau?"

„Na, die mit dem Teddybären."

„Sie reden in Rätseln."

„Ulrike Bender alias Jentsch, die Frau, die damals vergewaltigt wurde. Er hat sie umgebracht. Wegen eines alten Teddybären."

„Und wieso sollte jemand eine Frau wegen eines alten Teddybären umbringen?"

„Vielleicht, weil daran noch die DNA vom Täter war?"

„Und das weiß die Polizei, dass die Frau wegen eines Kinderspielzeugs umgebracht wurde?"

„Nein, also ja, ich weiß nicht. Keine Ahnung!" Ich war völlig durcheinander.

Jörn Budde blieb ganz ruhig. Sicher steuerte er die Lassenstraße an. Vor dem Haus stand immer noch ein Polizeiwagen.

„Die bewachen das Haus seit Tagen."

„Die bewachen nicht das Haus von Frau Schneidermann, sondern die polnische Botschaft", sagte Budde und fuhr langsam durch die Straße auf der Suche nach einem Parkplatz. „Und wie wollen Sie beweisen, dass Hochberger eine Frau wegen eines was, Teddybären umgebracht hat?"

„Ich nicht, Frau Schneidermann."

In dem Moment machte es Klick. Er hatte die Zentralverriegelung betätigt.

„Hatten Sie schon mal mit der Schneidermann zu tun?", fragte ich.

„Nein", sagte er, „wobei, das stimmt nicht. Vor Jahren habe ich mal mit ihr telefoniert, weil ich eine Drehgenehmigung für ihr Haus haben wollte. Aber sie hat das glatt abgelehnt. Was für ein Glück, dass Sie das Haus gemietet haben."

Es gab in der ganzen Lassenstraße nicht einen Parkplatz.

Er fuhr langsam aus der Straße heraus. „Lassen Sie mich hier doch einfach aussteigen", sagte ich so neutral wie möglich. Wie blind war ich eigentlich gewesen, wie bescheuert konnte man überhaupt sein? In meinem Mund sammelte sich der Speichel, mir brach der Schweiß aus.

Woher hatte der Kerl gewusst, wo die Schneidermann wohnte? Ich hatte ihm die Adresse nicht genannt, er hatte mich nicht mal danach gefragt. Er war zielstrebig direkt in die Lassenstraße gefahren.

Ich musste raus aus diesen Wagen, aber wie? Meine Gedanken rasten. Nicht Hochberger war der Täter, ich saß direkt neben dem Mörder auf dem Beifahrersitz.

Natürlich hatte er dem Hochberger verraten, dass er ein Mädchen in der Kammer getroffen hatte, vielleicht hatte er diese Nacht für sich noch einmal im Film erleben wollen, und dafür musste es authentisch sein. So wie damals, 1977. Hochberger kannte schließlich das Drehbuch, er spielte darin als kommentierender Experte quasi die Hauptrolle.

Budde schien jedoch keine Angst vor der Schneidermann zu haben. Sie würde ihn erkennen. Ein Gesicht kann altern, aber diese aufgeworfenen Lippen mit der Kerbe in der Unterlippe, die das Gesicht des Mannes beherrschten, würde auch ich noch in vierzig Jahren erkennen.

Ulrike hatte Budde vermutlich irgendwann zusammen mit Hochberger gesehen, vielleicht sogar bei ihrer Befragung in der Keithstraße. Seitdem hatte sie vermutet, dass der Mörder bei der Polizei war. Und ihre Freundin Petra gewarnt.

Budde hatte sich darauf verlassen, dass das Mädchen,

das er damals getroffen hat, schweigen würde. Schließlich hatte sie vierzig Jahre geschwiegen, sie würde auch jetzt nicht zu reden beginnen, gerade jetzt, wo er ihre Freundin umgebracht hatte.

Aber ich würde reden. Wie ein Wasserfall hatte ich gerade geredet. Ich wusste von dem Teddybären. Er konnte es nicht wagen, mich aus dem Auto steigen zu lassen. Es würde eine Lawine von Nachforschungen freisetzen. Ich schaute ihn an. In seiner rechten Wange pochte ein Nerv. Er schien fieberhaft zu überlegen, wie er mich verschwinden lassen konnte. Was sollte ich tun? Er war inzwischen in die Teplitzer Straße eingebogen und hatte Gas gegeben. Hier war nicht mehr Tempo dreißig angesagt, ich konnte also schlecht aus dem fahrenden Auto rausspringen.

„Wohin fahren Sie mich?“, fragte ich, so unschuldig wie möglich, „ist das nicht ein bisschen weit zu laufen?“

„Tu doch nicht so naiv, das steht dir nicht“, sagte er. Das Du erschreckte mich bei dem Satz am wenigsten.

Da vorn war eine Ampel, ich schöpfte Hoffnung, dass er bei Rot halten musste. Vielleicht könnte ich das Fenster runterlassen und laut um Hilfe schreien. Aber er trat das Gaspedal durch und schaffte es noch bei Dunkelorange über die Kreuzung. Nun denn, dachte ich mir, es gab hier noch mehr Ampeln.

„Dir ist klar, dass ich dich nicht aussteigen lassen kann“, sagte er. Offensichtlich hatte er keine Ahnung, was er mit mir anstellen sollte, beziehungsweise wo er es mit mir machen sollte.

Er klang ganz freundlich. War das der gleiche Ton, mit

dem er damals mit Petra Schneidermann in der Kammer gesprochen hatte?

„Wieso haben Sie es getan?“, fragte ich. Ich wollte ihn beschäftigen, Zeit gewinnen, obwohl ich noch keine Ahnung hatte, wofür.

„Ich weiß es nicht. Und glaub mir, das ist die Wahrheit. Ich weiß es wirklich nicht. Nervenkitzel, alles im Leben einmal erlebt haben, was das Leben ausmacht?“

Der Mann sah trotz seiner auffälligen Lippen nicht schlecht aus, hatte einen tollen Job. Was war in seinen Gehirnwindungen damals quer gelaufen?

Kurz vor der Ampel an der Kreuzung Clayallee überholte uns ein blaues Fahrzeug, ein grauer Wagen setzte sich links neben uns, und aus der Hagenstraße kam ein weiteres dunkles Fahrzeug.

Die Ampel war noch grün. *Bitte, bitte, lieber Gott, lass die Ampel rot werden!* Die Ampel sprang auf Orange, doch er hatte keine Chance, da das blaue Fahrzeug vor uns eine Vollbremsung machte und unser Wagen zwischen vier anderen Fahrzeugen eingekeilt war. Ich versuchte, den automatischen Fensterheber zu betätigen.

Er lachte. „Schöner Versuch, Kleine“, sagte er und drückte von seiner Seite aus in die Gegenrichtung. Plötzlich hatten die Fahrzeuge vor und neben uns Blaulicht auf dem Dach.

Was dann geschah, passierte so schnell, dass ich es kaum mitgekriegt habe. Aus den Fahrzeugen hinter, neben und vor uns sprangen Männer und versuchten, die Türen zu Buddes Wagen zu öffnen. Da er die Zentralverriegelung aktiviert hatte, kamen die Männer nicht in den Wagen. Ich versuchte, den Knopf zu erreichen, aber Budde schlug mir die Hand weg. Die Männer hatten offensichtlich gesehen, dass Budde nicht bewaffnet war. Sie zogen ihre Dienstwaffen und bedeuteten ihm, sofort die Türen zu öffnen. Als das nicht geschah, schrie einer: „Polizei! Öffnen Sie sofort die Tür!“

Budde reagierte nicht. Einer der Beamten zertrümmerte mit seiner Waffe die Scheibe und öffnete von innen die Tür. Der völlig verdatterte Budde wurde aus dem Auto gezerrt und auf den Boden niedergerungen. Einer der Polizisten öffnete die Beifahrertür und fragte mich: „Alles okay?“

Was sollte ich sagen? Nein, sorry, ich habe mir gerade in die Hose gemacht?

## Vierte Mordkommission

„Sollen wir Sie in ein Krankenhaus bringen lassen?“, hatte der Beamte in Zivil mich gefragt, da ich zitterte, als hätte ich im Nachthemd bei fünf Grad unter null eine Stunde am offenen Fenster gestanden.

„Nnnnneeeiin“, bibberte ich. „Ich will mich nur irgendwo in Ruhe hinsetzen.“

Sie verfrachteten mich in eines der Zivilfahrzeuge mit dem blauen Licht auf dem Dach und fuhren mich nach Schöneberg in die Keithstraße.

„Woher wussten Sie, dass der Mann mich entführen wollte?“, fragte ich schon in dem Polizeiwagen, erhielt aber keine befriedigende Antwort.

Ich wurde in das helle Sandsteingebäude gebracht, das ich von meinem Besuch bei der Sondereinheit für Altfälle bereits kannte. Allerdings wurde ich nicht in deren Räume gebracht, sondern, wie man mir sagte, zur vierten Mordkommission, die in einem anderen Stockwerk saßen.

Ich wurde in einen ebenso seelenlosen Raum gesetzt wie damals in der Sondereinheit. Damals? War das nicht erst knapp zwei Wochen her? Und wieder bekam ich erst mal einen großen Pott Kaffee, an dem ich meine Hände wärmte, die eiskalt waren.

Zwei junge Kommissare kamen zu mir in den Raum. Sie stellten sich als Marlene Dykerhoff und Finn Bischoff vor.

„Geht es Ihnen jetzt ein wenig besser?", fragte die Dykerhoff.

Ich zuckte mit den Schultern. Ging es mir besser? „Nein, nicht wirklich, was ist überhaupt passiert? Wieso haben Sie Jörn Budde verfolgt?", fragte ich. Denn mir war klar, dass ich erst aufhören würde zu zittern, wenn ich für all das eine logische Erklärung bekam.

„Wir haben einen Hinweis aus der Bevölkerung bekommen", sagte die Dykerhoff sibyllinisch.

„Was für einen Hinweis?"

„Über das Motiv für den Raubmord an Ulrike Jentsch", sagte Bischoff.

„Der Teddybär?"

„Von welchem Teddybären reden Sie?", fragte Bischoff.

„Na, von dem Teddybären, den Ulrike Jentsch behalten hat, nachdem sie von Jörn Budde im Fürsorgeheim vergewaltigt worden ist." Ich sah an ihrer Körpersprache, wie die beiden Kommissare stumm miteinander kommunizierten.

„Woher wissen Sie von einem Teddybären?", fragte die Dykerhoff.

„Aus den Akten."

„Aus welchen Akten?"

„Hauptkommissar Schiefelbein hatte mir freundlicherweise Akteneinsicht in den Fall ‚Das Haus der zwanzig Kinder' gewährt."

„Wieso das?“ Ich merkte, dass Marlene die Fragen nur pro forma stellte – im Übrigen sah sie überhaupt nicht so aus, wie ich mir eine Marlene vorstellte, was aber sicher daran lag, dass ich alte Filme liebte und mir Marlene nicht als vollbusige Frau mit einem breiten Gesicht und kurzen, dunklen Locken vorgestellt hatte. Wie auch immer – die beiden Kommissare wussten genau Bescheid, da machten sie mir nichts vor.

„Und dort stand etwas von einem Teddybären?“, fragte Bischoff. Nicht unsympathisch, der Mann, wäre glatt mein Typ.

„Nein, eben nicht. Es stand nichts über einen Teddybären. Aber es gab ein Foto in der Akte, wie Ulrike diesen abgewetzten Stoffbären im Arm hielt. Und Michael Schwedt hat mir erzählt, dass sie unter der Bettdecke in einer Ecke gekauert hat, ihren Teddybären an sich gedrückt hielt und immer nur vor sich hinmurmelte: Ich sage nichts, ich sage nichts.“

„Wie sind Sie überhaupt auf Michael Schwedt gekommen?“

„Er kam zu mir, in meine Physiotherapiepraxis.“ Ich erzählte den Beamten, wie sich meine Praxis nach und nach mit Menschen gefüllt hatte, die irgendwie mit den damaligen Morden zu tun gehabt hatten. Die Kommissare ließen mich erzählen, dabei wollte ich doch wissen, was passiert war.

„Wieso saßen Sie in dem Wagen von Jörn Budde?“

Jetzt musste ich meinen Irrtum beichten. „Weil ich so blöd gewesen war und den Fallanalytiker Prof. Dr. Hochberger für den Täter gehalten habe und kopflos aus meiner Praxis abgehauen bin.“

„Wie kamen Sie denn darauf?“, fragte die nicht nach Marlene aussehende Frau Dykerhoff.

„Das Mädchen in der Kammer. Er wusste von dem Mädchen in der Kammer.“

Und die Kommissare wussten es auch, das merkte ich an der Art, wie sie mich befragten.

„Jetzt möchte ich bitte zwischendurch auch eine Frage stellen“, bat ich deshalb. „Wieso haben Sie Jörn Budde verhaftet? Wie kamen Sie darauf, dass er mich entführen wollte.“

„Langsam, junge Frau, langsam!“ Wenn junge Männer junge Frau zu mir sagten, wurde ich immer ganz nervös.

Ich gab einen Schuss ins Blaue ab: „Frau Schneidermann hat Sie doch angerufen, ja?“

Bischoff lächelte. „Petra Schneidermann ist Ihre Vermieterin?“

„Das wissen Sie doch längst, also ja oder ja, hat die Schneidermann Sie nun informiert?“

„Und Sie sind sicher, dass Sie nicht vielleicht auf Polizistin umschulen wollen, da scheint eine gewisse Grundbegabung vorhanden zu sein.“ Bischoff und Dykerhoff grinsten.

Sie nahmen meine Aussage zu Protokoll. Ganz hochoffiziell. Erst nachdem ich meine Aussage unterschrieben hatte, befriedigten sie meine Neugier.

„Natürlich haben Sie recht: Frau Schneidermann hat uns gestern informiert. Und Peter Markgraf, das ist der Leiter der Sondereinheit Altfälle, hat uns ebenfalls alarmiert.“

„Na, dann hat das ja wenigstens geklappt“, sagte ich. Zumindest ein wenig erleichtert.

„Was geklappt?"

„Ich hatte die Schneidermann auf Knien gebeten, sich bei Ihnen zu melden. Und meinem Patienten, Herrn Markgraf, informiert, dass der Raubmord eventuell mit seinem alten Fall zusammenhängen könnte. Aber die Schneidermann wollte nicht, sie meinte, dass die Polizei da mit drin hängen würde." So, jetzt war es heraus.

„Weil Ulrike Jentsch bei ihrer Befragung vor ein paar Jahren Jörn Budde hier im Haus mal gesehen und offensichtlich erkannt hat", sagte Bischoff. „Deshalb hat sie geglaubt, dass es gefährlich wäre, zur Polizei zu gehen."

„Ich bin schuld an dem Tod von Ulrike Jentsch, nicht wahr?"

„Wie kommen Sie denn darauf?"

„Na, wieso bringt der Budde plötzlich die Jentsch um. Nach vierzig Jahren. Er muss doch irgendwoher erfahren haben, dass sie noch den alten Teddybären hat."

„Tja, liebe Frau Völske, das ist eine sehr gute Frage. So weit sind wir noch nicht in unseren Ermittlungen, vor allem haben wir Jörn Budde noch nicht befragt."

„Es kann nur so sein, dass ich das alles ausgelöst habe. Ich habe Michael Schwedt gesagt, dass die Täterbeschreibung nicht richtig war und Ulrike Jentsch eventuell noch etwas besitzt, was den Täter überführen könnte."

„Und wie soll das zu Jörn Budde gelangt sein?"

„Ich dachte, der alte Kommissar würde vielleicht noch ein wenig privat hinterher ermitteln. Er hat aber einfach seinen ehemaligen Kollegen Peter Markgraf angerufen, den Leiter der Sondereinheit für Altfälle. Und von dort aus muss es zu dem Fallanalytiker gelangt sein. Wahrscheinlich wollte Markgraf eine Einschätzung vom Professor."

„Der in seiner unendlichen Eitelkeit nichts Besseres zu tun hatte, als den Filmfuzzi anzurufen, der mit ihm eine Serie produzieren will, mit den Fingern zu schnipsen und zu rufen: Herr Lehrer, ich weiß was", ergänzte Bischoff.

Oh, die konnten den Hochberger nicht leiden. Ich lehnte mich zurück. Ja, so war es wahrscheinlich gelaufen. „Ich glaube, das Problem wird sein, das zu beweisen", sagte ich.

„Ich glaube, wir lassen Sie jetzt nach Hause fahren, und Sie ruhen sich ganz einfach aus und überlassen es uns, das zu beweisen."

Sie ließen mich nach Hause fahren, ich legte mich, so wie ich war, ins Bett und war innerhalb von Sekunden eingeschlafen. Als Alex abends kam und ich ihm berichtete, was passiert war, sagte er, dass es jetzt an der Zeit sei, die Schneidermann aufzusuchen und Klartext zu reden. „Morgen, Liebling, jetzt will ich nur noch schlafen", murmelte ich. Und dann brach ich heulend in seinen Armen zusammen.

Liebling machte mir eine schöne heiße Hühnersuppe mit vielen Nudeln und brachte sie mir ans Bett. Am nächsten Morgen sah die Welt schon wieder ganz anders aus.

## Sonntag

Wir kamen unangemeldet. Alex und ich klingelten bei der hypermodernen Villa der Schneidermanns in der Lassenstraße. Alex fand sie toll, mich erinnerte sie eher an ein Gefängnis. Stammheim, zum Beispiel. Mein Liebster machte mich auf die Kamera am Eingang aufmerksam.

„Wer ist da?", fragte jemand.

„Lene Völske und mein Freund Alexander Liefers, wir möchten gern Frau Schneidermann sprechen."

Das Gartentor sprang mit einem leisen Summton auf. In der Tür erschien ein Hüne von Mann.

„Hallo, Frau Völske, kommen Sie rein", sagte er, wobei er das ö wie oe aussprach. Er hatte die leicht schleppende Sprache eines Russen, es war ein bisschen so, als ob seine Zunge sich gegen ein Gewicht stemmen musste.

„Sie sind Herr Schneidermann?", fragte ich.

„Richtig geraten, meine Frau erwartet Sie schon."

Er führte uns durch einen mit Marmor ausgekleideten Flur in ein mit Marmor ausgekleidetes Wohnzimmer. In diesem Haus schien alles aus feinstem Marmor zu sein. Mit Ausnahme der Decke im Wohnzimmer. Reines Blattgold, wie Alex mir später erklärte.

Petra Schneidermann saß in einem breiten Sessel am Fenster und musterte mich ernst. „Das hätte aber ziemlich düster ausgehen können für Sie“, sagte sie.

„Setzen Sie sich“, sagte der Mann mit der schweren Zunge und wies uns einen Platz auf einem Sofa zu, auf das man sich eigentlich nicht setzen konnte, sondern nur hineinlegen.

„Ich glaube, wir brauchen jetzt alle einen Schnaps“, sagte der Riese mit sanfter Stimme.

„Sie waren also doch bei der Polizei“, sagte ich.

„Ja, sofort, nachdem wir telefoniert haben: Wie sind Sie denn bloß auf den Gedanken gekommen, mit dem Mann hierher zu kommen? Wussten Sie, wer er ist?“

„Ich wollte Sie warnen. Ich war in Panik aus der Praxis geflohen, weil ich dachte, der Fallanalytiker sei der Täter, und der lag in meiner Praxis. Da bin ich kopflos weggerannt und habe dummerweise sowohl mein Handy als auch meine Autoschlüssel dort liegen gelassen. Es blieb mir gar nichts anderes übrig, als das nächste Auto anzuhalten. Und das war zufällig Budde. Der Kerl wollte sowieso zu mir, der hatte vor, das Haus zu mieten für ein, wie er sich ausdrückte, Biopic.“

„Und Sie sind nicht auf die Idee gekommen, dass Jörn Budde der Täter sein könnte?“, fragte Petras Ehemann.

„Doch, aber erst hier vor Ihrem Haus.“

„Wie kamen Sie darauf?“, fragte die Schneidermann.

„Weil er direkt zu Ihnen gefahren ist, obwohl ich ihm nicht Ihre Adresse genannt habe. Das ist mir aber erst in der Lassenstraße aufgefallen.“

„Das hätte gewaltig schiefgehen können“, sagte die Schneidermann.

Ich nickte. „Aber wie wollen Sie beweisen, dass der Budde der Täter ist. Mit Ihrer viel zu späten Entscheidung, zur Polizei zu gehen?“

Petra Schneidermann lachte leise in sich hinein. „Ich habe eine Lebensversicherung.“

„Was meinen Sie damit?“

„Der Mann hat in jener Nacht sein Taschentuch in der Kammer verloren. Ich habe es nicht nur eingesteckt, sondern luftdicht verschlossen und bis heute aufbewahrt.“

„Warum haben Sie es nicht früher der Polizei gegeben? Ich fasse es nicht, da sind fünf Morde vierzig Jahre lang ungesühnt, weil zwei Frauen, die wahrscheinlich eindeutige Beweise haben, zu feige waren, die Polizei zu informieren!“

„Ulrike hatte mich angefleht, nichts zu verraten, und später waren wir davon überzeugt, dass der Mann bei der Polizei und mit dem Fall befasst war. Alle Beweise waren verschwunden. Und als sie vor ein paar Jahren zur Sondereinheit Altfälle einbestellt worden war, hat sie ihn dort gesehen. Wie gesagt, ich bin nicht lebensmüde.“

„Dann bin ich also doch schuld am Tod von Ulrike?“, stellte ich verzagt fest.

„Warum zum Teufel mussten Sie sich einmischen? Obwohl, eigentlich sind wir alle schuld daran, Ulrike – und vor allem ich.“

„Ich wollte doch nur raus aus dem Haus und eine neue Praxis aufmachen“, sagte ich. „Ich wollte ganz bestimmt nicht, dass jemand deshalb stirbt. Wobei ich noch nicht so ganz verstehe, wie er davon erfahren haben konnte, dass es noch ein Beweisstück in Ulrikes Besitz gab, von Ihrem Taschentuch wusste ich ja nichts, das haben Sie mir nicht erzählt."

„Eben. Ihnen nicht, und niemandem sonst und vor allem nicht der Polizei. Weil das alles alte Waschweiber sind", sagte Schneidermann. „Sie haben es dem alten Kommissar Schwedt irgendwie gesteckt. Und der wollte den Fall endlich aufklären und hat den Stein ins Rollen gebracht."

„Ich wollte Sie warnen, ich hatte versucht, Sie abends anzurufen, aber Sie sind nicht ans Telefon gegangen. Da sind wir hierhergefahren, aber als wir sahen, dass da ein Polizeiwagen stand, dachten wir, Sie seien in Sicherheit", sagte ich.

„Der bewacht die polnische Botschaft", erklärte Herr Schneidermann. „Aber wir haben seit Petras Anruf bei der Mordkommission Zivilbeamte rund um das Haus im Einsatz gehabt. Nach dem Fahrzeug von Budde wurde sowieso gefahndet, deshalb ist er der Polizei auch so schnell ins Netz gegangen."

„Wird die Polizei dem Budde die Taten je beweisen können? Wird man Ihnen glauben, dass Sie einen Mann nach vierzig Jahren wiedererkannt haben?", fragte ich.

„Mit der Lippe? Auf jeden Fall. Man kann sein ganzes Gesicht verändern, aber diese Lippen wird der Mann nie los. Außerdem, wenn wir Glück haben, dann wird das vermaledeite Taschentuch noch ein Fitzelchen DNA abgeben."

Ich hatte inzwischen den zweiten Wodka heruntergestürzt, den Schneidermann uns nachgegossen hatte.

„Noch einen?“, fragte er.

Ich nickte. Es war Sonntagvormittag, aber es war mir egal, und wenn ich total hackedicht war, es war vorbei. Nicht, dass ich irgendeine Idee hatte, wie es mit meiner Praxis und mir weitergehen würde, aber ich war erst mal in Sicherheit.

„Wir sind hier, um Sie zu bitten, Lene aus dem Mietvertrag zu entlassen und ihr die Kaution sofort zurückzuzahlen, damit sie woanders neu anfangen kann“, sagte Alex. Keine Erpressung, sondern ganz gerade. Was Wodka so alles ausmacht.

„Aber das ist doch kein Problem, nicht wahr, Kiska?“, sagte der Schneidermann.

„Darauf trinken wir jetzt noch einen, oder?“

## Sechs Monate später

Ich verließ das Gerichtsgebäude zusammen mit Alex, der mich zu den Verhandlungen gegen Jörn Budde begleitet hatte.

Ich war jeden Verhandlungstag im Gericht gewesen, denn ich wollte unbedingt erfahren, was den Mann dazu bewegt hatte, in jener Winternacht so grausam zu morden.

Jörn Budde war ein eloquenter, charmanter Mann, der beim Reden oft lächelte. Aber sobald er zum Motiv seiner Taten befragt wurde, war es, als ob er eine Gardine vor sein Gesicht gezogen hatte. Was die Morde im Haus der zwanzig Kinder anging, war Budde geständig.

„Ich hatte am Morgen einen LSD-Trip geschmissen", sagte er aus, „und am Abend noch einen Joint geraucht. Dann habe ich überlegt, was ich in meinem Leben noch alles machen möchte, heute nennt man das wohl eine Bucket-List aufstellen. Ein Punkt darauf war, dass ich ein veritables Verbrechen begehen wollte. Irgendein Verbrechen. Ich wollte fühlen, wie es ist, einzubrechen. Mich in ein fremdes Haus zu begeben und dort etwas mitzunehmen."

Alex flüsterte mir zu, dass Buddes Anwalt versuchen würde, auf nicht zurechnungsfähig zu plädieren.

„Ich hatte es nicht nötig zu stehlen, verstehen Sie mich richtig, meine Eltern sind Radiologen, Geld hat bei uns nie eine Rolle gespielt. Ich wollte einfach das Gefühl erleben, etwas zu stehlen."

„Und das war so aufregend, dass Sie gleich in das nächste Haus eingebrochen sind?", fragte die Richterin.

„Nein, das Landhaus war langweilig, ich wusste ja, dass mich dort niemand erwischen würde, die Rillings waren jedes Jahr um die Zeit in Sankt Moritz. Ich wollte das Risiko erhöhen, mit einem höheren Einsatz spielen, verstehen Sie? Ich wusste, dass es sich um ein Fürsorgeheim handelte. Es hieß nicht umsonst das Haus der zwanzig Kinder. Die Mädels da waren für ein paar Mark hinter jedem Baum zu haben, das war allgemein bekannt."

„Wenn Sie die Mädels für ein paar Mark, wie Sie es nennen, hätten haben können, warum haben Sie sie dann vergewaltigt?"

„Das habe ich doch schon gesagt, ich wollte ein Verbrechen begehen. Ich war eingebrochen. Ich hatte etwas gestohlen. Jetzt wollte ich ein Mädchen vergewaltigen."

„An Mord hatten Sie dabei nicht gedacht?", hatte der Richter gefragt.

„Nein, das hat sich so ergeben", sagte Jörn Budde. Dabei verzog er nicht einmal das Gesicht, kein Muskel zuckte irgendwo, der Mann wirkte völlig gefühllos.

„Haben Ihnen die Kinder denn nicht leidgetan?"

„Doch, deshalb bin ich doch zu dem Kleinen ganz nach hinten, weil der so bitterlich geweint hat. Ich kann weinende Kinder nicht ertragen, ich wollte ihn trösten."

„Hatten Sie in all den Jahren nie das Bedürfnis, wieder zu töten?", fragte die Richterin.

Das war eine gute Frage, eine, die sich alle stellten. Warum hatte er vierzig Jahre stillgehalten, war nie und nirgendwo mehr auffällig geworden?

„Aber ich habe doch gemordet", sagte er lächelnd. „Seit vierzig Jahren schreibe ich Drehbücher und produziere Krimis, in denen ich meinen Fantasien freien Lauf lassen kann."

Clemens Hochberger, der Professor, den ich zuerst der Tat verdächtigt hatte, hatte mir erklärt, dass Buddes Anwalt versuchen würde, mit Totschlag zu argumentieren. Dann wäre das Verbrechen bereits verjährt, und Budde würde als freier Mann den Saal verlassen.

Aber das hat ihm nicht geholfen. Natürlich war es nicht meine Zeugenaussage, sondern vor allem die Aussage von Petra Schneidermann. Und seine Unvorsichtigkeit bei dem Mord an Ulrike Bender beziehungsweise Jentsch. Das schöne Wetter war ihm zum Verhängnis geworden. Er hätte eine Mütze aufsetzen sollen. Es war ein Haar von ihm in der Wohnung der Jentsch gefunden worden. Das, zusammen mit der tatsächlich an dem von Petra sichergestellten Taschentuch noch festgestellten DNA, begründete das Urteil: lebenslange Haft mit besonderer Schwere der Schuld. Auf gut Deutsch: Der Kerl würde nie wieder an die frische Luft gesetzt werden.

Nachdem das Urteil gesprochen worden war, fuhr Alex mich in meine neue Praxis. Ich hatte gegenüber dem Haus, in dem Alex seinen Malerbetrieb hatte, ein paar Räume anmieten können, so dass wir uns sogar eine Empfangssekretärin teilen konnten. Die Schneidermanns hatten mir die Kaution zurückgezahlt und mich fristlos aus dem Mietvertrag entlassen.

Die Tageszeitung hatte einen netten Artikel über mich gebracht und mir eine kostenlose Anzeige zur Eröffnung als Wiedergutmachung geschenkt. Ich hatte bereits eine Kollegin eingestellt, und wir waren ausgebucht. Markgrafs, der Hochberger und der Schwedt hatten für uns kräftig die Reklametrommel gerührt, so dass das halbe Morddezernat seine Verspannungen bei uns behandeln ließ.

Und die Bank hatte mir einen Kredit gewährt, mit dem ich meinen stillen Teilhaber auszahlen konnte. Ich wollte nie wieder von jemandem abhängig sein.

Obwohl, wenn ich so an meinen Bauch fasste und die kleinen Stöße wahrnahm, die da jetzt schon ab und an zu spüren waren, dann wusste ich, dass es im Leben wohl ohne Abhängigkeit nicht ging. Das kleine Lebewesen, das da in meinem Bauch strampelte, würde jedenfalls noch sehr lange von uns abhängig sein.

„Eigentlich könnten wir jetzt auch heiraten“, sagte Alex, als er mir die Autotür aufhielt.

„Meinst du, uns nimmt noch jemand?“, fragte ich.

Liebe Leserinnen und Leser,

wer schon mehrere Nika-Lubitsch-Krimis gelesen hat, weiß, dass meine Geschichten zwar fiktiv sind, aber immer ein tatsächlich stattgefundenes Verbrechen meine Fantasie angeregt hat. Dafür durchforste ich regelmäßig das Netz und lese alle relevanten Zeitschriften und Artikel zu aktuellen Mordfällen und Gerichtsurteilen.

Dabei sind es vor allem Fälle aus anderen Ländern, häufig aus den USA, von denen ich mich inspirieren lasse, denn spektakuläre Mordfälle, die vor unserer Haustür passieren, kämen meinen Lesern viel zu bekannt vor.

Deshalb war ich bei meinen Recherchen umso erstaunter, dass tatsächlich direkt vor meiner Haustür, also ungefähr sechshundert Meter entfernt, ein grausames Verbrechen ganz West-Berlin erschüttert hat, von dem ich bislang nie etwas gehört hatte. Allerdings geschah dieses Verbrechen im Jahr 1968, es handelt sich um die ältesten unaufgeklärten Morde Berlins.

In einer eiskalten Februarnacht wurden in einem Berliner Kinderheim am Waldsee eine Erzieherin und ein kleiner Junge ermordet, zwei Mädchen wurden bei dem Versuch einer Vergewaltigung durch zahlreiche Messerstiche lebensgefährlich verletzt.

Genau wie in meiner Geschichte ist der Täter vorher in einer Villa gegenüber eingebrochen, hat es sich gutgehen lassen, eine Stange Zigaretten gestohlen und ist über den zugefrorenen Waldsee in das Kinderheim gelangt.

Um die Geschichte zu verfremden, habe ich das Kinderheim aus der schönen alten Villa am Waldsee in Zehlendorf in eine, wie mir schien, sehr geeignete Villa am Dianasee im Grunewald verlegt.

Als ich das Buch begann, stand die Villa Noelle seit mehr als zehn Jahren leer. Wie das Leben so spielt, ist das Haus vor einigen Tagen verkauft worden, „an ein sehr nettes, junges Paar". Dem ich auf diesem Weg sehr viel Glück in ihrem tollen neuen Heim wünsche, und ich schwöre hiermit hoch und heilig, dass in dieser Villa meines Wissens niemals ein Mord begangen wurde.

Im Gegenteil, in diesem Haus wurde eine Frau geboren, die 1946 zusammen mit ihrem Ehemann Erich Peter Neumann in Allensbach das erste Meinungsforschungsinstitut der jungen Bundesrepublik Deutschland gegründet hat: Elisabeth Noelle-Neumann.

Und wenn Sie jetzt noch wissen wollen, wieso ich ausgerechnet eine Physiotherapie dort angesiedelt habe: Meine Physiobude liegt in Spuckweite zum echten Tatort. Frei nach dem Motto: Warum in die Ferne schweifen …

Wenn Ihnen das Buch gefallen hat, würde ich mich über eine Rezension bei Amazon freuen:

**https://amzn.to/2XqCUKn**

Sollte Ihnen das Buch nicht gefallen haben, dann bitte ich Sie herzlich, mir dafür den Grund per Mail an **info@nikalubitsch.de** mitzuteilen. In jedem Fall bedanke

ich mich schon mal im Voraus, auch und vor allem, dass Sie bis hierher durchgehalten haben.
Wenn Sie mehr über mich erfahren wollen, dann treffen Sie mich hier: **www.facebook.com/NikaLubitsch**.

Sollten Sie auf keinen Fall eine Neuerscheinung oder einen Deal verpassen wollen, dann können Sie sich auf meiner Website **www.nikalubitsch.de** zu meinem Newsletter anmelden.
Zur Anmeldung direkt geht es hier:

**nikalubitsch.de/newsletteranmeldung**

Für jede Newsletter-Anmeldung gibt es ein Nika-Lubitsch-eBook Ihrer Wahl umsonst, Mail an **info@nikalubitsch.de** genügt.

Ich freue mich auf ein baldiges Wiederlesen!

Herzlichst
Ihre
Nika Lubitsch

**18 Grad unter Null**
*Eiskalte Rache*
Vanilleeis mit Kirschsauce: Die zwölfjährige Claudia stirbt einige Stunden nach dem Genuss ihres Lieblingsdesserts im Kreis ihrer Familie. Wer hatte einen Grund, das Mädchen zu vergiften? Diese Frage zerstört die Patchwork-Familie und drei Menschenleben, denn auf jedem von ihnen liegt ein schrecklicher Verdacht. Claudias Mutter braucht sechsunddreißig Jahre, um endlich die Wahrheit zu erkennen. Sie schmiedet einen perfiden Plan.

**Der 19. Engel**
Die wegen des Mordes an ihrer Schwester zu lebenslanger Haft verurteilte Vanessa von Wolfrathshausen bietet der Krimiautorin Juliane Mansfield an, ihre „wahre Geschichte" zu erzählen. Die als „Schlächterin vom Prenzlberg" von den Medien titulierte Vanessa hat die Polizei jahrelang in Atem gehalten und die Zeitungen mit Schlagzeilen versorgt. Denn der Fall bot alles, wonach die sensationsgeile Öffentlichkeit lechzt: ungelöste Geheimnisse, eine fehlende Leiche und maximalen Grusel. Je mehr Informationen Juliane erhält, desto größer werden ihre Zweifel, ob Vanessa ihre Schwester tatsächlich abgeschlachtet hat und zu Dönerfleisch verarbeiten ließ. Ein Mordanschlag auf die Krimiautorin veranlasst auch die Staatsanwaltschaft, den Fall neu aufzurollen.

**Sie wäre jetzt 17**
*Wenn Mutterliebe tötet*
Es ist Liebe auf den ersten Blick, als Michaela und ihre Tochter Sarah den Amerikaner Matthew und seine Tochter Leah in Paris kennenlernen. Der verwitwete Professor und die ge-

schiedene Unternehmerin scheinen das perfekte Paar, und auch die beiden Mädchen verstehen sich auf Anhieb. Drei Jahre nach ihrer Heirat erhält Michaela eine schier unglaubliche Information. Die sich zu bewahrheiten scheint, da Leah noch in derselben Nacht spurlos verschwindet. Und das ist erst der Anfang eines Albtraums, aus dem es für Michaela kein Entkommen gibt.

**15 Jahre**
*Wenn die Liebe deines Lebens zur tödlichen Gefahr wird*
Als Andreas nach fünfzehn Jahren glücklicher Ehe spurlos verschwindet, erkennt Nicole, dass sie ihren Mann gar nicht richtig kannte. Bei der Suche nach Andreas entdeckt sie Geheimnisse, die besser im Verborgenen geblieben wären. Dabei stolpert sie in Abgründe, die sie sich in ihren schlimmsten Albträumen nicht hätte vorstellen können. Bis eines Tages die Polizei vor ihrer Tür steht und sie um eine DNA-Probe bittet.

**Haus Nummer 13**
*„Machen Sie das Haus nicht unglücklich, sonst wird es Sie unglücklich machen."*
Die alte Villa mit der Hausnummer 13 ist Claudias Traumhaus. Kurz nachdem sie und ihr Mann es gekauft und mit den Renovierungsarbeiten begonnen haben, erhalten sie einen sonderbaren Brief. Ein anonymer Schreiber warnt die neuen Besitzer davor, etwas an dem Haus zu verändern, andernfalls würde sich das Haus rächen und ihre Familie zerstören. Anfangs hält Claudia das für eine harmlose Spinnerei, doch es folgen weitere Briefe, die vermeintlich auch ihre Kinder bedrohen und wie Gift in das Leben der Familie tröpfeln. Die Details, die der Schreiber kennt, werden immer persönlicher und die Drohungen immer schlimmer. Als eine Leiche im Keller gefunden wird, hat Claudias Traumhaus sich vollends in einen Albtraum verwandelt.

**11 Stufen**

*Als Erstes gab der Atlantik ihren roten Anorak frei*

Lea flieht aus ihrer kaputten Ehe nach Irland. Im Galway County findet die erfolgreiche Krimiautorin ein Ferienhäuschen und sehr schnell Anschluss an die deutsche Vermieterin Karin und ihre Tochter Anne. Anfangs glaubt Lea, endlich Frieden zu finden, sie verliebt sich sogar in den attraktiven Landarzt Sean. Doch die Postkartenidylle trügt. Als eine Frau verschwindet, gerät Sean unter Mordverdacht. Lea beginnt mit eigenen Ermittlungen, die sie bald in Lebensgefahr bringen. Nachdem sie einen Unfall mit viel Glück überlebt, wird Lea aus dem Krankenhaus entführt. Wer hat ein Interesse an ihrem Tod?

**10 Stunden Ewigkeit**

*Von der Jägerin zur Gejagten – dem Bösen zu nah*

Christine Morten, tagsüber treu sorgende Professorengattin und Mutter, macht nachts als „chrissie_10" im Internet Jagd auf Serienkiller. Im ganzen Land bekannt ist ihre im Netz veröffentlichte Liste von Verbrechen, die mithilfe von Online-Annoncen begangen wurden. Eines Nachts bringt der Mord an einer Studentin Chrissie auf die Spur des „Ivy-League-Rippers" – und sie beschleicht ein schrecklicher Verdacht. Als kurz darauf das FBI ihr Haus stürmt, versucht Chrissie ihren Sohn in Sicherheit zu bringen. Das erweist sich als fataler Fehler. Für Chrissie beginnen zehn Stunden Ewigkeit.

**Bella, 14**

Sie waren das vierblättrige Kleeblatt: Bella, Jana, Funny und Alessa. Bis die vierzehnjährige Bella eines Tages von einem gemeinsamen Badeausflug nicht zurückkehrte.
Zwanzig Jahre später: Alessa hat als Richterin den Vorsitz bei einem Prozess gegen einen Starfotografen. Der Prozess führt sie in die Welt junger Mädchen, die von einer Modelkarriere träumen. Aber nicht nur die Zeuginnen in Alessas Gerichts-

saal waren bereit, dafür alles zu geben. Bei der Beweisaufnahme fallen Alessa immer mehr Ereignisse ihrer eigenen Jugend ein. Könnte es sein, dass sie dem Angeklagten schon einmal begegnet ist? Und was hat das mit dem Mord an ihrer Freundin Bella zu tun? Lang Verdrängtes stürzt Alessa in einen Gewissenskonflikt. Als Richterin weiß sie nur zu gut, wie trügerisch Erinnerungen sein können. Deshalb begibt sie sich auf die Suche nach ihren alten Freundinnen und kommt dabei dem Abgrund viel zu nah.

**Deck 9 – Tod auf dem Atlantik**

Eine mörderische Kreuzfahrt mit Sybille Thalheim, der Heldin aus Nika Lubitschs internationalem Bestseller „Der 7. Tag“.
Einst stand Sybille Thalheim wegen eines Mordes, an den sie keine Erinnerung hatte, vor Gericht. Jetzt unternimmt sie als Reporterin für das Magazin Cosmos eine Transatlantikkreuzfahrt, um über Verbrechen auf hoher See zu berichten. Ausgerechnet Sybille wird zwischen Rio und Rom Zeugin, wie eine junge Frau in Panik vor einem Mann flieht, der behauptet, ihr Ehemann zu sein. Sybille hilft der jungen Frau, die ihr Gedächtnis verloren hat, was sie bald bereut. Als ihr angeblicher Ehemann ermordet aufgefunden wird, gibt es nur eine Verdächtige: die Frau, die er Nina nannte. Sybille ahnt nicht, dass sie sich auf ein lebensgefährliches Spiel mit übermächtigen Gegnern einlässt. Als auch Nina niedergestochen wird, ist es bereits zu spät, um auszusteigen. Denn Sybille ist der Wahrheit lebensgefährlich nah gekommen.

**Im 8. Kreis der Hölle**

Daniela ist acht Jahre alt, als ihre große Schwester Franzi in einer Sommernacht spurlos verschwindet. Die Polizei geht von einem Tötungsdelikt aus, doch Franziskas Leiche wird nie gefunden. Daniela fühlt sich mitschuldig am Zerbrechen ihrer Familie, denn seit jener Sommernacht hütet sie ein Geheimnis. Zwanzig Jahre später erkennt Daniela die totgeglaubte Schwester auf einem kanadischen Zirkusplakat. Die Suche nach Franzi führt Daniela zurück in die Vergangenheit, sie gerät in einen Strudel aus Verbrechen und Verrat, der sie in den Abgrund zu reißen droht. Statt in den Armen ihrer geliebten Schwester landet sie unter Mordverdacht vor einem Haftrichter in Montreal.

**Die 12. Nacht**
Nicole und Sarah wollen ihre Weihnachtsferien auf einem einsam gelegenen Hof im Thüringer Wald verbringen. Nach einem heftigen Schneesturm ist der Hof von der Außenwelt abgeschnitten. Die Frauen vertreiben sich die Zeit mit alten Märchen und Thüringer Sagen. Aber es sind nicht nur die gruseligen Geschichten von den zwölf Raunächten, die sie zunehmend beängstigen, sondern vor allem die unheimlichen Geräusche, die sie Nacht für Nacht aus dem Schlaf reißen. Als tagsüber wie aus dem Nichts unbekannte Spuren im Haus auftauchen, steigert sich ihre Angst bald zur Panik: Gibt es einen nächtlichen Besucher? In der zwölften Nacht wird aus den alten Mythen blutiger Ernst.

**Der 6. Geburtstag**
Bei einem Ausflug in die White Mountains hat Joleen einen schweren Autounfall und fällt ins Koma. Ihre vierjährigen Zwillinge schweben ebenfalls in Lebensgefahr. Als wäre das nicht schon schlimm genug, will der Staatsanwalt Joleen des versuchten Mordes an ihren Kindern anklagen. Ihr Mann Robert glaubt nicht an Joleens Schuld, auch wenn viele Indizien gegen sie sprechen. Während Robert um das finanzielle Überleben der Familie kämpft, macht er eine dramatische Entdeckung. Sollte Joleen sterben, weil jemand ein entsetzliches Verbrechen zu verbergen sucht? Robert stürzt sich in die verzweifelte Suche nach der Wahrheit. Kann er seine Frau vor lebenslanger Haft bewahren und den Schleier von einem düsteren Geheimnis in ihrer Vergangenheit reißen?

**Mord auf Seite 3**

Als die Leiche der kleinen Zoe als Engel drapiert in einem Berliner Wald gefunden wird, soll die Journalistin Jessica ihre Geschichte für die Seite 3 schreiben. Kurz darauf erschüttert ein weiterer Mord die Öffentlichkeit – und diesmal ist Jessica direkt betroffen. Ihre geliebte Tante Angela, eine berühmte Krimiautorin, wurde in ihrem Landhaus erdrosselt, offensichtlich das Werk eines in Brandenburg fieberhaft gesuchten Frauenmörders. Jessica erbt nicht nur das Landhaus, sondern erfährt hier auch mit Schrecken von der dunklen Seite ihrer Verwandtschaft. Noch ahnt sie nicht, dass sie mit ihren Recherchen nicht nur einem Serienmörder zu nahe kommt.

**Mord im 4. Haus**

Bestialische Morde in einem Berliner Vorort: Eine ganze Familie sollte ausgelöscht werden, nur Jonas, der geistig behinderte Sohn, überlebt schwer verletzt das Massaker. Für die Justiz scheint der Fall abgeschlossen, der Nachbar wurde dafür lebenslänglich ins Gefängnis geschickt. Für dessen Frau ist die Gerichtsreporterin Sybille Thalheim die letzte Hoffnung. Sybille, die einst selbst unschuldig im Gefängnis saß, beginnt zu recherchieren und stößt dabei auf entsetzliche Zusammenhänge, die selbst die hartgesottene Reporterin tief erschüttern. Sie kommt einem Thema auf die Spur, das bis heute in den Medien totgeschwiegen wird. Als sie mit ihren Recherchen skrupellose Mitglieder eines international agierenden Syndikats aufschreckt, findet sie sich zusammen mit Jonas, dem überlebenden Sohn, gefesselt auf dem Boden eines DHL-Transporters wieder …

Ein Wiedersehen mit Sybille Thalheim, der Heldin aus „Der 7. Tag“. Auch diese Krimi ist von der Produktionsgesellschaft *moovie* von Oliver Berben optioniert worden.

**Der 1. Mann**
Lara und Oliver sind ein glückliches Paar – bis zu dem Tag, an dem der Arzt Lara eine niederschmetternde Diagnose stellt. Statt ihr in den dunkelsten Stunden beizustehen, wendet sich Oliver von Lara ab. Im Krankenhaus lernt Lara Simone kennen. Auch sie wurde von ihrem Mann im Stich gelassen. Die beiden Frauen schmieden einen perfiden Plan. Doch dann kommt alles ganz anders, und Lara findet sich im Zusammenhang mit drei Morden vor Gericht wieder …

**Das 2. Gesicht – Thriller**
Nach einer überstürzten Hochzeit folgt Julia dem weltberühmten Thrillerautor George Osterman nach Amerika und findet sich unversehens mutterseelenallein in seinem luxuriösen Anwesen in Florida wieder – George zieht es vor, seine Thriller an einem geheimen Ort zu schreiben. Doch dann tauchen in den Everglades Leichenteile auf, deren Verstümmelungen Julia erschreckend an Georges Bücher erinnern. Wer ist der Mann, den sie geheiratet hat und der sich jetzt vor ihr in seinem Strandhaus versteckt? Gemeinsam mit ihrer Freundin begibt sie sich auf die Suche nach dem wahren Ich ihres Mannes. Sie werden in einen tödlichen Strudel von Ereignissen gerissen, zu denen George Osterman das Drehbuch schrieb.

**Das 5. Gebot**
Die Engländerin Vicky findet beim Joggen im Berliner Grunewald eine Leiche, die aussieht wie eine Zwillingsschwester. Als ihre Mutter in England getötet wird und Vicky mit viel Glück einen Mordversuch überlebt, ahnt sie, dass es ein dunkles Familiengeheimnis geben muss. Die Suche nach der Wahrheit führt Vicky quer durch Europa und weit zurück in die Vergangenheit. Es beginnt ein Wettlauf mit dem Tod.

Auch der zweite Roman von Nika Lubitsch konnte wieder Platz 1 der Kindle-Bestsellerliste erreichen.

**Der 7. Tag**

„Der 7. Tag“ ist ein hinterhältiger Kriminalroman mit unerwartetem Ausgang. Sybille und Michael sind ein glückliches Paar, jetzt endlich erwarten sie ein Baby. Da verschwindet Michael spurlos. Sybille befindet sich mitten in einem Albtraum, aus dem es kein Erwachen gibt. Als ihr Mann erstochen aufgefunden wird, gibt es nur eine Verdächtige: seine Ehefrau. Die Anklage lautet auf Mord. Während Sybille vor Gericht den Ausführungen der Zeugen zuhört, zieht ihr gemeinsames Leben an ihr vorbei. Am siebenten Prozesstag erkennt Sybille plötzlich die Wahrheit. Sie muss sie nur noch beweisen.

Das Buch stand monatelang auf Platz 1 der Kindle-Bestsellerliste und ist in viele Sprachen übersetzt worden. Oliver Berben hat das Buch für das ZDF mit Stefanie Stappenbeck, Marcus Mittermeier, Steve Windolf, Henning Baum und Josefine Preuß verfilmt. Regie: Roland Suso Richter. Mehr als sechs Millionen Zuschauer sahen die Erstausstrahlung im ZDF als Fernsehfilm der Woche am 23. Oktober 2017.

**Blue Light Berlin-Krimi –**
*in Zusammenarbeit mit dem Ex-Bullen Michael Hellmann*

**Band 1: … und aus bist du**

Als die Hauptkommissare Claudia Westermann und Robert W. Robinson in eine Neuköllner Hinterhofwohnung gerufen werden, ahnen sie nicht, dass der Fall zu einer großen Herausforderung für die Berliner Mordkommission werden und sogar ihr Leben für immer verändern wird. Ein Familienstreit wurde von dem erwachsenen Sohn Denis mit dem Messer beendet. Sein Stiefvater stirbt im Rettungswagen, seine Mutter wird schwer verletzt ins Krankenhaus gebracht. Denis gelingt die Flucht, bevor die Polizei eintrifft. Von Céline, der zehnjährigen Tochter des Opfers, fehlt jede Spur.

Für Denis scheinen in dieser schwülen Freitagnacht alle Albträume wahr zu werden, er befürchtet, dass seine kleine Schwester entführt wurde. Obwohl nach ihm gefahndet wird, bittet er die Ermittler der Berliner Mordkommission um Hilfe. Doch nicht nur die Berliner Polizei, auch Célines Freunde machen sich auf die Suche – ohne zu ahnen, dass sie dadurch einem Kindermörder gefährlich nahe kommen.

**Band 2: Der Tod trägt Schwarz**

Toter Priester in St. Elisabeth. Pater Ludger wurde mit einem Kruzifix erschlagen. Viele Spuren und noch mehr mögliche Motive weisen in Richtung Wedding. Die Mordkommission unter Leitung von Claudia Westermann steht unter Druck: Presse und Inspektionsleiter drängen auf Ergebnisse. Da kommt die schnelle Verhaftung eines Verdächtigen gerade recht. Doch während die Ermittler in ihrer Stammkneipe Blue Light den Erfolg feiern, wird der Küster der englischsprachigen Mission mit einer Machete grausam niedergemetzelt.

**Band 3: Denn ich habe dich erlöst**

Ein Obdachloser rennt mit einem abgeschlagenen Frauenkopf schreiend in eine U-Bahn-Station. Die Berliner Mordkommission steht vor einem Rätsel. Wer ist die Tote, und warum wurde sie so grausam geköpft? Wo ist ihr kopfloser Körper geblieben? Der Mörder lässt den Kommissaren nicht viel Zeit. Bereits am nächsten Tag schlägt er erneut zu und präsentiert einen weiteren Frauenkopf in einem Schöneberger Park.

Während die Ermittler fieberhaft nach Gemeinsamkeiten zwischen den Opfern suchen, machen auch jugendliche Skater einen grausigen Fund. Und der Mörder hat bereits ein viertes Opfer im Visier. Doch noch ahnt niemand, dass Claudias ehemaliger Partner „Double-u“ und die pensionierte Leichenspürhündin Agathe dem Serienkiller bereits begegnet sind …

## Krimi-Reihe Kudamm 216 –

### Band 1: Erbsünde

Die arbeitslose Journalistin Judith, Generation Praktikum, bekommt einen Recherchejob bei der alten Krimiautorin Alice von Kaldenberg, genannt Lady Kaa, am Kudamm 216. Dass sie bereits bei ihrem ersten Interview Opfer eines Verbrechens wird, stand nicht in ihrem Arbeitsvertrag. Zusammen mit ihren Kollegen soll sie die Hintergründe des Mordes an einem Berliner Schönheitschirurgen aufklären. Dabei wird schnell klar: Der Professor war kein Chorknabe und seine Familie hat so manch dunkles Geheimnis, das weit in die Vergangenheit führt und nicht nur Judith in Lebensgefahr bringt.

### Band 2: Sommernachtsmord

Und noch ein heikler Auftrag für „Lady Kaa“ und ihr Team vom Kudamm 216: In Berlin Wannsee werden zwei Leichen gefunden. Die Ermordeten hatten sich 1968 während einer Klassenfahrt abgesetzt, angeblich in das Heiratsparadies Gretna Green. Seitdem fehlte von ihnen jede Spur. Jetzt steht Konstantin von Kaldenberg unter Mordverdacht, denn die Ermordeten waren seine Geliebte und sein bester Freund. Kaldenberg gerät in Panik und bittet seine Exfrau, die Krimiautorin Alice, um Hilfe. Die Suche nach dem wahren Täter führt Alice und ihre Mitarbeiter nicht nur zurück in den „Sommer der Liebe“, sondern auch in eine geheimnisvolle und lebensgefährliche Welt aus Tausendundeinem Albtraum.

### Band 3: Erpresst

Panik am Kudamm 216: Alice von Kaldenberg, genannt Lady Kaa, ist spurlos verschwunden. Und das ausgerechnet während der Frankfurter Buchmesse, auf der ihr neuester Krimi vorgestellt werden sollte. Steht ihr Verschwinden in Zusammenhang mit dem Mord an Filmmogul Hermann Wiesenhagen, der Alice kurz zuvor in einer mysteriösen Angelegenheit um

Hilfe gebeten hat? Als auch noch ein Schriftstellerkollege, mit dem sie in einer Talkshow über wahre Kriminalfälle diskutiert hat, tot in seinem Hotelzimmer aufgefunden wird, steht Alice plötzlich unter Mordverdacht. Der dritte Fall aus der Reihe Kudamm 216 stellt das Team und Exmann Konny vor große Herausforderungen. Werden sie Lady Kaa retten können?

**Blogbuch**
**Snowbirds – Mein Winter in Florida**
Welcome to Paradise: Millionen Menschen träumen davon, den Winter in Florida zu verbringen. „Später mal", das versprach sich auch Nika Lubitsch jedes Mal, wenn sie aus dem Urlaub zurückkehrte. Jetzt hat sie ihren Traum vom Überwintern im Sunshine State wahr gemacht und festgestellt, dass dort nicht nur Orangen blühen, sondern auch Zitronen wachsen. In ihrer unverwechselbar schnodderigen Art hat die Berliner Bestsellerautorin ihre Erlebnisse gebloggt, in der Nachschau kommentiert und mit Tipps für Snowbirds versehen. Herausgekommen ist ein erfrischend anderer Führer durch den floridianischen Winter: Florida für Fortgeschrittene.

**Social Fiction-Thriller**
**Alligator Valley – Krokodile weinen nicht**
Ein 13-Jähriger wird in einem Krankenhaus in Berlin gekidnappt. Im Golf von Mexiko wird ein Casinoschiff entführt. Beide Verbrechen haben das gleiche Ziel: Die Operation von alten Menschen soll erzwungen werden.
»Alligator Valley – Krokodile weinen nicht« führt den Leser ausgehend von den sechziger Jahren des vorigen Jahrhunderts in das Jahr 2053, dessen Realität uns näher ist, als wir denken. Nach einem Cyber-Krieg ist die Welt aus den Fugen geraten. Damit die Jungen genug zum Leben haben, werden Menschen über 75 Jahren nicht mehr ärztlich betreut. Alte, die es sich leisten können, kaufen sich in die Alligatorenstaaten ein. Diese

Altenrepubliken sind nach dem Alligator benannt, der doppelt so alt wird wie jedes andere Krokodil.
Der 13-jährige Urs und seine Familie in Berlin sowie die TV-Frau Alice und ihre Freunde im »Alligator Valley« sind die Helden dieses Social-Fiction-Thrillers. Als durch einen rätselhaften Zwischenfall alle Satellitenverbindungen rund um den Globus zusammenbrechen, steht die Welt vor dem Kollaps, auf den sie seit Jahren hintaumelt. Nur in den Alligatorenstaaten haben die Menschen damit kein Problem, denn die Alten haben die Technik und das Know-how von gestern. Ausgerechnet die ausgemusterten Alten könnten jetzt die Jungen retten. Aber wollen sie es auch?

**Kurzgeschichten**
**Strandglut – 27 Short(s) Stories**
Eine Weltreise für die Badetasche: Besuchen Sie eine mörderische Familie auf einer Südstaatenfarm oder Istanbul mit einem Berliner Gemüsehändler, stimmen Sie ein in den New York City Blues oder bangen Sie mit der Braut in Las Vegas. Besuchen Sie das Everl auf der Alm oder fliegen Sie mit einer Klatschreporterin in die aufgehende Sonne. Verlieren Sie Ihr Herz in Disney World und erleben Sie einen Sonnenuntergang in Acapulco. Die Daheimgebliebenen finden den Mörder von Adele und das Geheimnis des Brühwürfels, Sie gehen auf einen nächtlichen Raubzug in Berlin und zeigen einem Callboy, wie Mann es richtig macht. 27 hinterhältige Short Stories, mal romantisch, mal spannend, aber immer mit einem überraschenden Ende. Coole Geschichten für heiße Tage.

Printed in Poland
by Amazon Fulfillment
Poland Sp. z o.o., Wrocław

79392352R00143